TAKE
SHOBO

殿下、この求婚はなかったことに

竜族の王子様がなぜか私を溺愛してくるのですが!?

月城うさぎ

Illustration
サマミヤアカザ

蜜猫
Mitsuneko F

contents

イラスト／サマミヤアカザ

殿下、この求婚はなかったことに

竜族の王子様が
なぜか私を
溺愛してくるのですが!?

プロローグ

地上から遠く離れた空の上には、地図にも載っていない幻の国が存在する。おとぎ話として語り継がれるその国の名はヴィストランド王国という。

ヴィストランドは竜族が統治する特殊な島国だ。雲の上には無数の浮き島が存在し、竜族の王族は天空の覇者とも呼ばれている。

当然ながら翼を持たない人間には幻の王国でしかなく、実態を確かめられた人間はほとんど存在しない。

だがひとつだけ、その国との連絡手段があった。ヴィストランドの属国とも呼ばれるシエラ公国宛に書簡を送ることだ。

届いた書簡は不定期にヴィストランドへ転送され、存在するかもわからない竜族の元へ届くとされる。

いつ、どのような手段で送られるのかは公《おおやけ》にはされておらず、なにかしらの招待状を送る際は一年以上も前から届けておく必要がある。余裕を持って招待しないと、期日には間に合わないようだ。

そしてヴィストランドの王族が最後に人間の前に現れたのは百年以上も前のこと。

自国に引きこもりがちで、実在するかもわからない竜族への招待状は年々減っているそうだが、律儀に続けている国は存在する。

そんな稀有《けう》な国のひとつ、リヴェル王国からヴィストランドの王子のもとへ一通の招待状が届いた。

「エルキュール様、リヴェル王国から式典の招待状が届きましたよ。建国三百年のお祝いですって」

「三百年？　なんだ、僕の年齢くらいじゃないか」

従者から渡された手紙に目を通すのは竜族の第二王子、エルキュール・ラーシュ・イェルハルド・エンゲルブレクト……ヴィストランド。王族の名は父、祖父と、代々の国王の名を受け継ぐためとても長い。

「ついこの間建国されたのかと言いたげですけど、人間にとっては三百年って長いですからね？　なにせ寿命が百年もないんですから」

「そうだった。人間は脆《もろ》くてあっという間に死ぬんだったな」

招待状には式典と舞踏会への案内が書かれている。

エルキュールは最後に舞踏会とやらに参加したのがいつだったかと考えるが、そもそもいつ国を離れたかも思い出せない。引きこもりがちの竜族が国を出ることは滅多《めった》になく、百年に一度か二度あるかないかだ。

半年に一度、竜族を祖先に持つシエラ公国に赴く者以外は皆自国に引きこもっている。その者たちも手紙を回収するだけですぐに戻るため、人間と交流することはない。

実年齢は三百歳ほど、外見年齢は二十代半ばのエルキュールは退屈そうに招待状を眺めた。

「これ、兄上は？」

「特には。いつも通り無視して問題ないとの判断だそうですよ。リヴェル王国は大国ですが、特に繋《つな》がりを求める必要もないですからねぇ」

国交をする必要性がなければ積極的に関わることもない。

リヴェル王国は昔から定期的に招待状を送ってくる律儀な国のひとつだ。最後にその招待を受けたのはエルキュールの兄だったが、それも二十年以上前のこと。

——兄上が無視して構わないと言うならそうすればいいが……。

エルキュールはふたたびじっくりと招待状を眺めた。

何故《なぜ》だろう。なんとなく惹《ひ》かれるものがある。

この舞踏会には参加しておいた方がいいのではないか。むしろ参加しなかったら後悔しそうだ。

「ではいつも通り破棄しておきま……」

「わかった。参加する」

エルキュールは従者の発言に被《かぶ》せるように答えた。

「ええ⁉　行くんですか？　リヴェル王国なんて遠いですよ？　海も越えるんですよ⁉」

「数時間飛ぶくらいだろう」

「ですがエルキュール様はそんな遠くまで行ったことないじゃないですか。簡単に途中で休憩もできませんよ？　それに人間の目につかないように飛ばないといけませんし、正式な招待となると陸路も使って正面から入国しないと」

「構わん。兄上だって人間たちの舞踏会とやらに出たことがあるだろう。それなら弟である僕も経験しておく必要がある」

――そうだ、兄上だってやったことなら僕も経験しておいた方がいい。

想像すると少しワクワクしてきた。

人間たちの社交界というのも面白そうだ。一体どんな噂《うわさ》が出回るだろうか。

「それにそろそろ僕たちの存在を思い出させてもいい頃だ。空には竜族がいるのだと」

きっと抑制にもなるはずだ。知恵が回る人間が余計な武器を作らないように。

「齢《よわい》三百歳にしてはじめてのおつかいですか……出不精のエルキュール様の成長を祝うべきか、慄《おのの》くべきか」

「それにもしかしたら、僕の番《つがい》に出会えるかもしれない」

「え」

従者の目に期待が宿る。

「いや、いやいや、まさか番に出会えるかもなんて……ゼロではないですが」

「そうだ、ゼロではない。いないかもしれないが、いるかもしれない」

奇跡のような確率だが、このまま王宮に引きこもっているよりは出会える可能性が上がる。

一生番と出会えずに死ぬことだって珍しくはない。五百年以上生きているエルキュールの兄も番には出会えていない。

だがもしも出会えたらと考えると、言葉では表現できない期待がこみ上げる。

「ちなみにエルキュール様。番に出会えたらどうするつもりです?」

恐る恐る確認してくる従者に、エルキュールは不敵に笑う。

「もちろん攫《さら》う」

「ちゃんと正攻法でお願いしますね?」

「……」

「お願いしますよ!?」

拉致も誘拐も国際問題になると訴える従者の小言を聞き流しながら、エルキュールは見知らぬ地への訪問に期待を膨らませた。

第一章

「はぁ……」

マリエット・ロザリー・レオミュールは煌《きら》びやかな場に似つかわしくない溜息《ためいき》をこぼした。

この日はリヴェル王国の建国三百年を祝う舞踏会が開かれている。

——舞踏会って慣れないわ。やっぱり参加するんじゃなかったかも。

自国の王侯貴族のみならず他国からの賓客も多い。

いつも以上に人が多く出入りし、早くも人に酔いそうだ。

気合いの入ったドレスを身に着ける女性たちを見て、マリエットは早々に壁の花になることを決めた。普段は王女の侍女をしているため裏方業務は得意だが、表舞台に出るのはなかなか慣れそうにない。

「……このドレス、やっぱり地味だったかしら」

水色のドレスは爽やかな色合いだが装飾は控え目だ。小ぶりなネックレスとイヤリングには青い宝石がついているが人目を引くものではない。

マリエットは子爵令嬢ではあるが、レオミュール領は人口よりも羊の方が多い。いわゆる田舎貴族のため舞踏会には慣れておらず、大勢が集まる場は苦手だ。

ましてや王家が主催する建国三百年記念の舞踏会。例年以上に規模も大きく豪華で、音楽団の音色は絶えず響く。

飲み物を片手に壁際に身を寄せて、そっと周囲を窺《うかが》う。すぐ近くから賑《にぎ》やかな令嬢の話し声が聞こえてきた。

「ねえ、聞いた？　噂によると今夜の舞踏会って、ヴィストランドの王子が参加されているんですって！」

「ええ？　ヴィストランドって、あの幻の？　竜族の王子様ってこと？」

「竜族の王子様なんて本当にいるの？　もしそうならぜひお会いしたいわ！　どこにいるのかしら」

――ヴィストランドの王族まで参加されているの？

その噂は本当だろうか。もし事実であれば、マリエットが仕える王女が相当はしゃいでいたに違いない。

まだ十四歳の王女は社交界デビューを果たしていないため、今夜の舞踏会には不参加だ。舞踏会前に挨拶に行ったら、彼女はマリエットのドレスを地味だと酷評した。

『ドレスがないなら言いなさいよ！　わたくしの侍女が侮られたらわたくしも侮られることに

なるのよ！』と、お叱りを受けたので、マリエットはそそくさと逃げてきてしまった。だが今になってやっぱり王女の言ったことは正しかったと反省する。

——まあ、長居するつもりはないからいいのだけど。

そっと周囲を見回す。

どこを見ても気合いの込められた美しさであふれており、楽しそうにダンスを踊る男女が眩《まぶ》しい。

未婚の女性は婚約者か、もしくは親族がエスコートをするものだが、マリエットの隣には誰もいない。いや、最初はいたのだがどこかへ消えてしまったのだ。

「ナルシス様はどちらにいらっしゃるのかしら」

マリエットには一応婚約者がいる。相手はモルガン伯爵家の次男だ。

親同士が結んだ婚約だが、特に異論はなかった。敬愛する父が選んだ相手なのだからきっと素敵な人なのだろうと思っていた。

王女の侍女として行儀見習いをした後、一人娘のマリエットはレオミュール領に戻りナルシスと結婚。家督はナルシスが受け継ぐ予定で話は進んでいる。

双方納得して進めている縁談なのだが、マリエットはいまいち乗り気にはなれなかった。相手のことがよくわからないのだ。

——社交界でも人気のナルシス様は顔が広くて付き合いもあるんでしょうけど、私は一応婚約者じゃないのかしら。

最初のエスコートだけ付き合った後に消える男とこの先一緒に歩いて行けるのだろうか。

ナルシスは整った顔立ちと金色の髪が美しく、貴族令嬢の中でも人気が高い。侍女仲間から羨む声をかけられたことも一度や二度ではない。

——一応、ナルシス様の瞳と同じ青色のジュエリーをつけてきたけれど、ナルシス様は私の色を身に着けていらっしゃらなかったわ。

婚約者の瞳の色を身に着けることで仲睦《むつ》まじさを表すのだが、相手はマリエットの瞳の色である緑を取り入れていなかった。マリエットのドレス姿を見ても感想すらない。

そんな些細《ささい》なことで気落ちする。

ナルシスとは笑顔で挨拶をするし仲が悪いわけではないのだが、気遣われている気がしない。愛情がほしいとまでは思っていないが、相手の気持ちがまったくわからずモヤモヤする。

楽しそうにダンスを踊る人たちを見ていると心の奥が少しだけざらついてしまいそうだ。他人と比べてもいいことなどないのに。

「……ダメだわ、やっぱり人に酔ったのかも」

マリエットは気持ちを落ち着かせるために中庭の庭園を散策することにした。外の空気を吸ったら少しはすっきりするかもしれない。

「知らなかったわ。夜はこんな風に表情を変えるのね」

歩き慣れた庭園だが、昼間の光景しか見たことがなかった。灯《あか》りに照らされた花々が美しく咲いている。

季節は春になったが、夜はまだまだ冷えそうだ。

少しずつ夜会の喧騒《けんそう》が遠ざかる。

薔薇《ばら》のアーチをくぐった先にある温室付近のベンチに座ろう。そこはマリエットの憩いの場所であり、普段から休憩時間に訪れていた。

芳《かぐわ》しい香りに包まれたらホッとできるだろう。そう思いながらアーチをくぐり抜けて……マリエットは歩みを止めた。

「……っ！」

婚約者のナルシスがベンチに座っている。見知らぬ令嬢と共に。

——なんでナルシス様がここに……。

マリエットは咄嗟《とっさ》に後ろに下がり身を隠す。幸いナルシスはマリエットに気づいた様子はない。

傍《はた》から見たら疲れて休んでいるだけに見えるかもしれないが、ふたりの間に流れる空気は単なる知り合いとは言いにくい。令嬢の腰に手を回し、睦言《むつごと》を囁《ささや》いているようだ。

——ああ、そっか。彼には恋人がいたのね。

自分はただ親同士が決めた婚約者で、ナルシスには最初から恋人がいたらしい。いや、婚約後にできたのかもしれないが、順序なんて関係ない。

ずっとマリエットには言わないつもりだったのだろうか。恋人がいるから結婚はできないと正直に告げられたら、マリエットはなんて答えるだろう。

——それとも私には隠したまま関係を続けて、愛人を囲うつもりだったとか？

貴族の次男は生家の家督を継げない。モルガン伯爵家は彼の兄が継ぐからだ。

マリエットと結婚し、レオミュール子爵の家督を継ぐことが彼にとっての最善だったはず。それなのにマリエットを裏切るなど不誠実ではないか。

「もう、ナルシス様ったら。婚約者がいるのに、私との関係を続けていいの？」

「別に構わないさ。婚約なんて言ったって、家同士で決まったもの。私が彼女を選んだわけではない」

「まあ、ひどい。子爵家を継がせてもらうのに？」

「それについては父上に感謝しないとだな。うまくレオミュール子爵に取り入ってくれたのだから」

「でも私くらいの美女じゃないとナルシス様とは釣り合わないわ。王女の侍女をしているわりに地味だもの」

ふたりは見つめ合いながらクスクス笑い、唇を重ねている。

マリエットの足はその場に縫い付けられたように硬直した。

他人の口づけなど覗《のぞ》き見したくない。醜悪すぎて気持ち悪い。

だが怒りのまま突撃してもろくなことにはならないだろう。開き直ったナルシスになにを言われるかわからない。

――浮気現場を目撃なんて、ついてない……！

足音を立てないように踵《きびす》を返し、すぐさまその場から離れた。全身に鳥肌が立っている。なにも知らずに結婚をしていたら、どんな虚《むな》しい生活が待っていたことだろう。

――早くに気づけてよかったって思うべきだわ。

騙《だま》されたまま結婚生活を送らずに済んだのだ。それに家を乗っ取られる前で助かったと思うべきだろう。

「早くお父様に報告しないと」

舞踏会に戻り、父へどう伝えるべきかを考える。実直で誠実な性格のレオミュール子爵は愛妻家であり、浮気という裏切り行為が嫌いなのだ。

はじめからナルシスに恋愛感情を抱いていなくてよかった。彼は整った顔立ちをしているがどことなく軽薄さを感じてしまい、あまりマリエットの好みではなかった。それに美形は王宮で働いていれば見慣れてしまうものだ。

なにせマリエットの主である王女は王妃譲りの美少女で、彼女の兄も美男子として有名である。美形揃《ぞろ》いの王族と並べばナルシスの美貌も霞《かす》むだろう。

ない。

――でも、私が地味なのは間違っていないけれど。

栗色《くりいろ》の髪と緑の目。落ち着いた色合いは気に入っているが、地味と言われればそうかもしれない。

マリエットは三年前から伯母の伝手《つて》で王女の侍女として仕えているが、大した特技があるわけではない。人より少し手先が器用で、お茶を淹《い》れるのが得意なだけ。

先月十八歳の成人を迎えて、来年には本格的に結婚の話が動き出すはずだった。ナルシスのことは好きではないが、愛情は結婚後に時間をかけて育めばいいと思っていたのだ。

恋愛感情はなかったとはいえ、裏切り行為に傷つかないわけではない。仲のいい両親を見て育ったため、いつか互いを支え合える夫婦になりたいと思っていた。

「飲み物はいかがですか？」

「ええ、ありがとうございます」

給仕係から葡萄酒《ぶどうしゅ》を貰《もら》い、グラスを呷《あお》った。随分喉が渇いていたようだ。

――好きじゃなかったとしても、悲しくないわけではないわ。

歩み寄る努力を怠ったつもりはない。ナルシスとは定期的に時間を作って会いに行っていたし、彼が好きだという手土産も用意した。

だけど彼にとっては都合がよかっただけなのだろう。レオミュール領は田舎ではあるが財政は安定している。羊料理も有名で食べ物には困らない。娯楽は少ないかもしれないが条件的には悪くないはずだ。

もしもマリエットがもう少し華やかな美貌を持っていたら裏切られることはなかったのではないか。

――いいえ、もしもなんて無意味だわ。

それにマリエットがナルシスの好みの女性だったら、自分の貞操はとっくに彼に狙われていたかもしれない。ふたたび全身に鳥肌が立った。指一本触れられたくはない。

そう思う時点で、やっぱりナルシスのことを好きではなかったのだ。

キスすら未経験なのは不幸中の幸いというやつだろう。

「……とにかく、婚約を解消して新しい婚約者を捜さないと……」

息子ができることを喜んでいた両親を思うと心苦しい。

ナルシスはとても外面がいい。社交的で人当たりもよく、天性の詐欺師《さぎし》のようなところがある。ようは人の懐に入り込むのがうまいのだ。

だがなんとなく信用できないと思っていた直感は当たっていたのかもしれない。顔が良くて自己愛も強い男との結婚など、どう考えても苦労する未来しか想像できない。

三杯目の葡萄酒を飲み干すと、ようやく気分が落ち着いてきた。顔がほんのりと熱く、足元がふわふわする。

いつもは冷静に制御している感情の波が激しくなりそうだ。気を抜くと目頭がじわりと熱くなってくる。

——違うわ。私は惨《みじ》めなんかじゃない。

婚約者を奪われた可哀想《かわいそう》な令嬢ではない。あのような男はこっちから願い下げなのだ。

新たなグラスに手を伸ばそうとしたが、隣からサッと果実水を渡された。

「そろそろ飲み過ぎだと思うんだが」

「え？」

声の主に心当たりはない。滑らかな天鵞絨《ビロード》のように心地いい美声の持ち主だ。

ゆっくりと視線を上げて、マリエットは小さく息を呑《の》んだ。

「……っ」

混じり気のないプラチナブロンドの髪は緩やかなくせ毛で柔らかそうだ。光の加減で色が変わって見えるアレキサンドライトの瞳は吸い込まれそうになるほど美しい。

宝石のような瞳を囲むまつ毛も長く、髪色と同じプラチナブロンドをしている。

そんな当たり前のことに気を取られるほど、男の美貌に圧倒された。

すべてのパーツがバランスよく配置され、呼吸を忘れそうになるほど見入ってしまう。魔性めいた美しさをはじめて目のあたりにした。

——王族の方以上に美しい人をはじめて見たわ……。

しばし放心し、ハッと我に返った。

手の中にあるグラスをギュッと握りしめる。

「あの、すみません。お気遣いありがとうございます。いただきます」

「僕が飲ませてあげようか」

「飲ませ……？　いえ、そこまで酔っていませんので、大丈夫です」

飲み物を飲ませてあげるという冗談はあまり聞かない。

だが顔面の衝撃《インパクト》が強すぎて、マリエットは深く考えずに受け流した。

——あ、この果実水おいしい。すっきりした柑橘系《かんきつけい》の果物とハーブの味がする。

半分ほど飲み干すと、先ほど感じていたふわふわした心地が薄れていく。顔の火照りはもう少し続きそうだが、感情の揺れも落ち着いてきた。

「すっきりした？」

「はい、ありがとうございます」

「では甘い物をあげよう」

「え？　……んっ」

口に入れられたものはショコラだ。

奥歯で噛《か》んだ瞬間、中からとろりとしたベリーの蜜が溢《あふ》れてくる。

「おいしい……」

甘さと酸味のバランスがちょうどいい。

最近は忙しくて、ゆっくりと甘いものを堪能する余裕もなかった。侍女としての業務以外にも舞踏会への参加の準備や家のことで慌ただしかったのだ。

「気に入ったようだな。ではもう一個」

「え？　いいえ、そんな、あの……っ」

ふたたび丸いショコラを食べさせられた。唇についたものを吐き出すという真似《まね》はできない。

口内に甘さが広がるのと同時に彼の指がマリエットの唇に触れた。その感触が慣れなくて、心臓がドキッと跳ねる。

「ああ、甘いな」

「……っ！」

彼は指に付着したショコラの粉をぺろりと舐《な》めた。その指は先ほどマリエットの唇に触れた指ではないか。

――な……なんか、すごく羞恥心が刺激されるわ……！

名前も知らない絶世の美男子に菓子を食べさせられている。しかも二度も。

成り行きなのかわからないが、この状況はマリエットの常識外だ。

本能的に行動する王女に翻弄され予想外の対応には慣れていると思っていたが、まだまだ未知の経験が待っていたらしい。

――どうしよう、心臓がうるさい。

特に美醜に拘《こだわ》りはなかったはずだ。容姿の美しさで胸をときめかせていたら王宮内では働けない。だが確実に、顔の火照りは葡萄酒のせいだけではないだろう。

咄嗟にこの場から離れようとし、背中がなにかとぶつかった。

「あ！　すみませんっ！」

パシャン、と水音が聞こえた直後、肩のあたりが濡《ぬ》れたことに気づく。どうやらぶつかった拍子にグラスの中身が零《こぼ》れたらしい。

「大丈夫ですか？　今布巾を……」

「いえ、お気になさらず。私の不注意ですので、この程度は問題ないですわ」

黒髪の男性がものすごい勢いで謝ってくるが、幸い色の濃い飲み物ではない。先ほどまでマリエットが飲んでいた果実水と同じ匂いがした。

「ドレスのシミも大丈夫ですから」

ぶつかった男性に告げた直後、マリエットの足先が宙を蹴った。

「え？」

身体を横抱きにされている。マリエットを抱き上げた人物は直前まで一緒にいた男だ。

「休憩室に行こう。ドレスを乾かさなくては」

「ええ⁉　大丈夫です、そこまでしていただかなくても……」

「遠慮は無用だ」

マリエットを抱き上げた男と黒髪の男の視線がスッとかち合うが、マリエットは気づかない。男性に抱き上げられた経験など幼少期以来で、焦りと羞恥で忙しい。

「あの、下ろしてくださ……っ」

「あまり騒ぐと人目につくが」

「っ！」

「いい子だ。少し大人しくしてて」

至近距離から凄《すご》みのある笑顔を向けられて、マリエットの顔が真っ赤に熟れた。心臓が落ち着かなくて、急激な酩酊《めいてい》感に襲われる。

――くらくらする……。

一瞬で酔いが回ってしまったのだろうか。それとも、名前も知らない男の色香が濃すぎてあてられたのだろうか。

濃密な色香を吸い込んだら、酒と同じような酩酊状態に陥りそうだ。

逞《たくま》しい腕に抱きしめられていて落ち着かない。

非現実的すぎて、もしかしたら夢の中にいるのかもしれない。

――夢だったら納得だわ。

こんな現実離れした麗しい男性が実在するはずがない。ましてや平凡な田舎貴族の自分と関わるなど、あまりにも出来過ぎている。

空き部屋に入り、長椅子に座らされた。ぼんやりしていたため、どこの休憩室なのかはわからない。

——見覚えのない調度品……あれ？　ここって休憩室なのよね？

単なる休憩室よりは豪華に見えて部屋も広い。

「随分濡れてしまったな。脱いで乾かした方がいい」

「いえ、拭うだけで大丈夫です」

「遠慮はいらない。僕が手伝おう」

「いえいえ、これ以上お手を煩わせるわけには……！」

「綺麗《きれい》なドレスにシミが残ったら嫌だろう。早めの対応が大事だ」

それはそうなのだが、笑顔の圧が強い。やんわりと拒絶をしてもまったく通じていない。

マリエットがあわあわと狼狽《うろた》えている間に、男は浴室からガウンを持ってきた。彼は手際よくドレスの背中の釦《ぼたん》のみを外すと、衝立《ついたて》の奥に移動を促した。

ドレスを脱いだマリエットは下着の上からガウンを着こむ。

汚れたドレスは男に回収されて、シミ取りをされて返ってきた。

「申し訳ありません、なにからなにまで」

「構わない。僕が好きでやっている。ほら、シミは問題なさそうだ。あとは乾くだけだな」

肩から胸にまで飲み物がかかったが、彼が言うように大丈夫そうだった。ドレスの色が薄いため、少しのシミでも目立ってしまう。

「ありがとうございます……あの、今さらですが、私はレオミュール子爵家のマリエットと申します。あなたのお名前をお聞きしてもよろしいでしょうか」

「マリエット……マリエットか。見た目通り名前も可愛《かわい》らしい」

「え？」

身内以外で誰かに真正面から褒められたことはない。社交辞令だとしても可愛らしいなど言われたことがあっただろうか。

「僕のことはエルでいい。君には愛称で呼んでもらいたい」

「エル様？」

「そうだ、マリエット。様はいらないが、まあ今はそれでいい」

家名を名乗らない理由を尋ねるべきか。

いや、もしかしなくてもやんごとなき家柄で、マリエットが関わるべき相手ではないのかもしれない。

――隣国だけじゃなくて、国交がある国からの使者も大勢集まっているんだもの。流暢《りゅうちょう》な共通語を話されているけれど、リヴェルの人ではないのは明らかだわ。

男性相手に白皙《はくせき》の美貌と表現していいものかわからないが、これほど人目を惹く美しい人物なら社交界で話題に上がらないわけがない。

もしかしたら近隣国ではなく、もう少し離れた国からはるばる参加してくれたのだろう。家名を聞いても外国の貴族にまで精通していないマリエットにはわからないかもしれない。

「ではエル様、いろいろとありがとうございました。あとは私ひとりで大丈夫ですので、先に会場へ戻っていただいて……」

「つれないことを言わないでほしい。僕と離れても構わないのか」

——……はい？

「それともこれが駆け引きというやつか。一旦突き放すことを言っておいて、感情を揺さぶるという手法だな」

「あの、仰《おっしゃ》っている意味がよく……」

——これも異文化交流というものなのかしら。

どこの国の出身者かわからないため、なにが失礼にあたるのかも推測できない。だがマリエットはなにもおかしなことを言っていないはずだ。

一歩、二歩と距離を詰められる。背中がトン、と壁にあたった。

このおかしな状況から逃げ出したいのか、それともこの先になにが待ち受けているのかを確かめたいのか。わかっているのはドクドクと脈拍が速いことだけ。

「エル、様……？」

「マリエット。君が泣きそうになっていた理由を訊《き》いてもいいか」

「なにか辛いことがあったのだろう。僕に話してもらえないだろうか」

「え……」

——もしかして見られてた？

マリエットに飲み過ぎだと果実水を渡してきたのだから、ずっと観察されていたのだろう。

だがいつから見られていたのかわからない。

ひとりで何杯も葡萄酒を呑んでいたら目につくかもしれないが、涙腺が緩んでいたことにまで気づかれるとは思わなかった。

——泣いてはいないけれど、目は潤《うる》んでいたかも……？

「お見苦しいところを見せてしまってすみません。婚約者がいるのですが、どうやら恋人がいたようで婚約も解消することになるかと……元々家同士が決めた婚約だったので、恋愛感情はなかったのですが」

けれど簡単に割り切れるものでもなかった。そんな自分の一面にも気づかされたのだ。

「私はもう大丈夫なので」

「僕では君の慰めにもならないだろうか」

「っ！」

身体を抱き寄せられた。突然の抱擁にびっくりする。

「エル様、ダメです」

「ダメ？　何故だ。君の縁談が破談になるならこうしていても問題はないはずだ」

そうなのだろうか。

先に裏切り行為を受けたのはマリエットの方だ。まだ正式に婚約を解消していなくてもナルシスに文句を言われる筋合いはない。

「心優しい君は傷ついたんだろう？　婚約者に裏切られて泣くなんてもったいない。そんな矮小《わいしょう》な男は君には相応《ふさわ》しくない」

「……っ」

優しい声がマリエットの耳朶《じだ》を震わせる。

布越しに伝わってくる温度がもどかしい。もう少し直に彼の温《ぬく》もりに触れてみたい。

──私、なにを考えてるの……！

誰でもいいから抱きしめてもらいたいなどと思ったことはない。今まで家族以外に抱擁されたこともないのに、出会ったばかりの男に縋《すが》りそうになる。

こんなのはいけない。自分らしくない。

マリエットはそっと男の胸を押し返そうとするが、びくとも動かなかった。むしろ強固な腕の檻《おり》がさらにきつくなる。

「……っ、あの、あまり優しくしないでください。甘えたくなってしまうので」

「甘えたらいい。何故僕に甘えてはダメなんだ？」

予想外の質問をされた。マリエットの思考がぐるぐる動く。

――何故？　何故って、甘えてもいい理由がないから……？

無条件で甘えられる相手は身内くらいだ。それも子供の頃ならまだしも、成人を迎えてまで親に甘えるのは憚《はばか》られる。

困り顔のマリエットを見て、男はふっと甘く微笑《ほほえ》んだ。

「君が素直に甘えられないというのならこうしよう。今夜のことは夢だと思えばいい」

「夢？」

「ああ、そうだ。一晩の甘い夢だ。まあ一晩にするつもりはないが」

どっちだろう。

だがなんとなく言いたいことは伝わって来た。

――逃げ道を用意してくれたんだわ。

常識人のマリエットが深く考えすぎないように。

「夢の中ならなにをしても構わない。君が僕に甘えることも許される」

「そう……なのでしょうか」

「そうだ」

はっきり断言されると不思議な説得力があった。

何故かわからないが、この男にそう言われると甘えることは罪ではないと思えてしまう。

「もう一押しだな。……マリエット、ここは夢の中で君は僕に甘えても大丈夫だ。僕は君に怖いことも嫌がることもしない」

さあ、どうされたい？　と、視線だけで問いかけられる。

目の前の男から放たれる濃密な色香を吸い込むと、マリエットの理性は靄《もや》がかかったように薄まった。

◆◆◆

シーツの上を泳いでるみたいだ。一糸まとわぬ姿で四肢を絡めとられて口づけをされると、酸欠状態に陥りそう。

ナルシスとのキスは想像だけで気持ち悪いと思ったのに、目の前の男にされるとふわふわとした心地になる。

ただ唇を重ねるだけの優しい触れ合いではない。口内を貪り、互いの唾液を交換するような濃厚な口づけを恋人同士がするのだとはじめて知った。

ますますナルシスとの婚約は解消するしかない。きっと指一本触れられるだけで生理的な嫌悪感が湧き上がってしまうから。

「あ……ん」

唾液で濡れた唇をぺろりと舐められた。

「君を裏切った婚約者に触れさせたことは？」

下唇をそっと親指でなぞられた。その手つきだけでもぞくりとした震えが背筋をかける。

「ない、です……全然、ありません。手だって繋いだこともない」

「そう、よかった。では君の唇に触れたのは僕だけだな」

コクコクと頷《うなず》くと、彼はうっとりするような微笑を浮かべた。

――神話の中の女神様みたい……。

凄絶な美貌がより一層神がかっている。光の加減で色を変えるアレキサンドライトの瞳が美しすぎて吸い込まれそう。

「マリエット、まだ気絶するには早い」

「……ンァッ」

太ももの内側にキスをされた。

マリエットの花園はしっとりと蜜を滴らせている。わずかな刺激を敏感に拾い、とめどなく愛液を零していた。

「芳しい香りだ。君のすべてが甘くていい匂いがする」

「やぁ……そんなとこ……っ」

直接蜜を啜《すす》られた。マリエットの敏感な身体は僅かな刺激にも反応してしまう。

そんなところを舐められるなんて知らなかった。自分ですら見たことがない不浄な場所を、人間離れした美しい人に奉仕されるなんて背徳的すぎる。

——ダメ、なにも考えられない……。

身体のいたるところに触れられた。もはや見られていないところはないかもしれない。

今まで一度も、誰かと一晩の思い出を作りたいなど考えたこともなかった。

昨今では貴族でも恋愛結婚が主流になってきている。貴族令嬢に貞淑さを求めることも薄れてきたため、王族に嫁ぐような高位の貴族令嬢でもない限りは婚前交渉も自由恋愛も許されていた。

マリエットの侍女仲間は将来有望の騎士との恋愛を謳歌《おうか》しているし、結婚まで純潔を守っている方が少数派になってきている。けれど、マリエットはナルシスとも、他の男とも肌を重ねたいと思ったことなどなかった。

——初夜までは純潔でいるって……こんな淫らなことは無縁で、興味もないと思っていたのに……。

出会ったばかりの男に翻弄される。本名はわからない。愛称をエルと名乗る異国の男。

フルネームを教えてくれないのは事情があるからだ。もしもマリエットが踏み込んだら厄介なことになるかもしれない。

「僕以外のことを考えなくていい」

「ひゃん……っ」

形のいい双丘に触れられる。赤い果実をキュッと摘まれると、意図せぬ甘い声が口から零れた。

「こんなにぷっくり膨れて、まるで僕に食べてほしいと強請《ねだ》っているみたいだ」

指先でくにくにと胸の頂を弄《いじ》られると、得も言われぬ痺《しび》れが背筋を駆けた。

「あぁ……ンぅ……ッ」

赤子のように胸を吸われる。

そんなことを成人男性にされるとは思わなかった。マリエットの胎内に熱がこもり、下腹の奥が収縮を繰り返す。

「はぁ……エル様……」

「ああ、いいね……君に名前を呼ばれるのはとても心地いい」

頰《ほお》と額《ひたい》にキスを落とされた。彼の目の奥には隠しきれない情欲の焔《ほのお》が揺らめいている。

――まるで恋人同士みたい……。

自分は彼に愛されているのではないかと錯覚しそうだ。

そんなことはないのに。ただ一晩の思い出で、明日になれば忘れなければいけない。

――そう、これは夢だから……。

どうして彼がマリエットにこんなことをするのかはわからない。これほどの美男子なら選《よ》り取り見取りで、平凡な子爵令嬢を相手にすることもないのに。

たまたま手近にいた大人しそうな令嬢で都合がよかったからだろうか。

だが、理由はなんでもいいかもしれない。

普段なら決して近づくことはできない男性に甘美な夢を見させてもらえたのだから。愛することがなんなのか、疑似体験をさせてもらえただけでいいではないか。

「あ……っ」

「狭いな……でも君に痛みは与えたくない」

口を開けてと言われ、マリエットは言われた通りにする。

彼の舌が絡み合い、唾液を飲まされた。

「ん……」

何故だろう。先ほどのキスよりも甘く感じる。

「飲んで、マリエット。……そう、いい子だ」

頭を撫《な》でられて褒められるのも純粋にうれしい。

たった数歳しか違わないはずなのに不思議だ。彼の年齢はずっと年上に思えた。

――頭がふわふわする……。

身体がぽかぽかして熱い。子宮の疼《うず》きも止まらない。

これからなにが起こるのかもわからずぼんやりしていると、身体の中心に熱杭のようなものがあてられた。

「大丈夫だ、痛みはない。君はただ気持ちよくなっていたらいい」

「……あぁ……、ンン――ッ！」

戸惑いは一瞬で、口づけをされたと同時に彼の雄が隘路《あいろ》を拓《ひら》く。

ビリビリと、脳天が痺れるような衝撃がマリエットを襲う。

途中まで押し進めた後、一息で最奥に到達した。

「あぁ……すごい締め付けだ。ぎゅうぎゅうと搾り取られそう……」

彼の額には薄っすらと汗がにじんでいる。

苦しそうなのに恍惚《こうこつ》とした表情が美しい。凄絶な色香を吸い込みながら、マリエットは不思議な高揚感に包まれていた。

――なんだか、すごい……温かくて激しくて、気持ちいい……。

彼が言った通り痛みはない。でも内臓を押し上げるような不思議な感覚は少し気持ち悪い。

「マリエット」

「んっ」

低く掠《かす》れた声で名前を呼ばれると、無意識に中にいる雄を締め付けてしまった。

悩ましい表情で眉根を寄せる姿を見て、マリエットの胸がキュンと疼く。

「痛みは大丈夫そうだな」

「ん……はい」

「それはよかった。じゃあ君をたっぷり愛させてほしい」

「愛……」

これは愛の営みなのだろうか。

――わからないけど、でも……なんでもいいかもしれない。

体温を分かち合う心地よさを知ってしまった。

たったひと時の交じり合いだとしても、きっと後悔することはない。

「エル様……もっとください」

「うん、ほしいだけあげよう」

身体を上下に揺さぶられる。そのたびに感じたことのない刺激がマリエットを襲い、思考を塗りつぶされていくようだ。

「あぁ……、ン……ッ」

「大丈夫、なにも考えなくていい」

胸の頂を舐められた。ささやかな刺激も今は敏感に拾い上げてしまう。

「一度達しておいた方がいいかもしれないな」

そんな呟《つぶや》きと共に片脚をグイッと広げられた。

「え……？　ん……、あぁ――ッ！」

自分でも触れたことがない花芽をグリッと刺激された。つま先がシーツを蹴り、その強すぎる快感に思考が真っ白に塗りつぶされる。

身体は荒波に攫われたように制御ができない。四肢が重く、重力に抗《あらが》えなくなる。

「ああ、なんて愛《いと》おしいんだ」

とろりとした呟きが鼓膜を震わせた。その内容まではよく理解できていない。

――一体、なにが……？

突然の浮遊感。呼吸は荒く、鼓動も激しい。

「君のもっと可愛い姿を見せてほしい」

「ン……ッ」

耳を舐められ、肌がぞくりと粟立《あわだ》った。

中のものが一回り大きくなった気がするが、気のせいではないだろう。

「なにも考えずに、僕だけに甘えていい」

ひと際感じる箇所を擦られると、マリエットの口から喘《あえ》ぎが漏れる。

――甘えて、いいの……？

そう、これは夢だから。甘えてもいいのだと、彼から言われたことだから。

「エル、様……」

「うん、ここにいる」

指を絡めてシーツに縫い留められる。

たとえ甘い時間をくれた男が悪魔だったとしても、傷心中のマリエットを慰めてくれたことに変わりはない。

「そろそろ僕も限界だ」

凄絶な色香を放ちながら、彼はぽつりと呟いた。一拍後、身体の奥深くにじわりとした熱が広がっていく。

──ん……心地いい……。

素肌で抱きしめてくれた男に縋りながら、マリエットは甘い時間に身を委ねた。


幸せな夢を視《み》た。

優しくて甘くて胸の奥がギュッとするような……いや、もっと激しいものだったかもしれない。

「ふふ……」

ごろりと寝返りを打つ。寝台がふかふかでとても寝心地がいい。

ここ最近はあまり熟睡できることもなくて、のんびり眠れることがうれしい。

が、のんびりしていてよかったのだろうか。

「っ！　いけない、今何時⁉」

「おはよう、マリエット。まだ起きるには少し早い」

「え……」

がばりと起きたマリエットの隣には、衣服を身に着けていない男がひとり。

寝起きの目には毒になるほどの神々しい煌めきを放ちながら、マリエットに微笑みかける。

「どうした。そんなに見開いたら可愛い目が落ちてしまう。君の目は新緑の若葉のような色をしているね。実に美しい」

「……え、エル、様……？」

「うん」

「私、ここに泊まってしまいましたか……？」

「そうだね。僕と一緒にあのまま眠ってしまったが、君の汗は僕がきちんと舐め……拭っておいたから問題ない」

今不穏な言葉が聞こえた気がする。

「身体はさっぱりしているだろう？」と言われ、確かに肌がべたついた感じはない。

——どうしよう、一晩の過ちを犯してしまったわ……。

どこかへ迷子になっていた理性が戻って来た途端、頭を抱えそうになった。

普段は使うことのない筋肉が痛い。身体の中心にも異物感が残っている。

だが後悔はしないと決めたのはマリエットだ。彼の優しさにつけこんで、甘えさせてもらったのも自分の方。

――わかってる。誰かが悪いわけではないって。でも猛烈に反省はしたい……！

ここで彼に謝るのは失礼だ。かと言ってなんて声をかけたらいいのかわからない。

ちらりと彼に視線を移す。

柔らかな朝日に照らされた裸体は拝みたくなるほど美しい。

「……ゆっくりしている場合じゃないです！　すぐに着替えましょう。こんなところを誰かに見られたら大変ですから……」

「大変？　何故？」

「それは……よからぬ噂も立ってしまいますので」

「よからぬ噂とは不都合な場合のことだろう。好都合なら放置しておけばいい」

なにを言っているのだろう。マリエットの思考がしばし停止する。

「あの……、ところでエル様の家名をお聞きしても……？」

他国の高位貴族だと思っていたが実は違ったのだろうか。

王宮の舞踏会に招待されるのは身元がきちんとした者のみなので、それなりの地位がある者だと思っていたが。

「僕のことが気になるのか、うれしいな」

上機嫌な笑顔が眩しい。

そういえばマリエットは自分の事情は明かしたけれど、彼についてはなにも知らない。

「僕の本名はとても長い。王族は代々国王の名を受け継ぐ習わしでね」

「王族……」

気のせいだと思いたい。今、聞きたくなかった単語を聞いた気がする。

「きっと覚えられないだろうからエルと名乗った。本名はエルキュール。僕はヴィストランドの第二王子だ」

エルキュール・ヴィストランド。

それが絶世の美貌を持つ男の本名だと知り、マリエットは口を開いたまま硬直した。

「幻の国……竜族の王子様……？」

ようやく頭が動き出す。

ヴィストランドという特殊な国に訪れた者はほとんどいない。存在自体がおとぎ話のような国の王族が目の前にいるなんて信じられない。

「ふむ、幻と呼ばれているのか。確かに僕たちは滅多に国外に出ないからな。そう思われていても仕方ない」

百年単位で引きこもると知り、マリエットは自分の常識を疑いたくなった。

――それなら目の前のエル様は一体おいくつなのかしら……？

どう見ても二十代前半から半ば頃に見えるが、実年齢はもっと上なのだろう。人間の国では後期高齢者に違いない。

だが人外のような美貌に納得した。竜族と出会ったのははじめてなので、これほどまでに美しいとは思わなかった。

——こんな高貴な方に純潔をもらっていただけたなんて、孫子の代まで自慢しよう。

マリエットが明後日の方向に現実逃避をしていると、エルキュールはマリエットの首筋にキスをした。

「ん……っ」

「一晩経《た》ったが、君の香りは変わらない。とてもいい匂いがする」

「匂い……？」

衣服についた匂いのことだろうか。意図的に体臭を嗅ぐのは遠慮してほしい。

「そろそろ荷物をまとめようか。ヴィストランドになにを持って行きたい？　あまり大きなものは運べないが、君が望むならどうにかしよう。ああ、心配することはない。ヴィストランドの住み心地は快適だ。少々酸素は薄いかもしれないがすぐに慣れる。マリエットにも気に入ってもらえるだろう」

「え？　あの、エル……エルキュール様？」

「エルでいい。その方が呼びやすい」

エルキュールは寝台から下りると全裸でうろつきだした。羞恥心のなさは人の目に触れられることに慣れている高貴な身分の証《あかし》だ。

――美術品がうろついていると思えば恥ずかしくないかも……？

マリエットは視線を逸《そ》らし、エルキュールに問いかける。

「話が見えないのですが、ヴィストランドに帰国されるのはエル様だけですよね？　私の勘違いかもしれませんが、今の流れですと私も同行するような話に聞こえて……」

「なにを言ってるんだ、マリエット」

怪訝《けげん》な表情も美しいが、せめてガウンを着てほしい。

そっとブランケットで身体を隠しながら脱いだガウンを目で探っていると、エルキュールは至極当然のように言い放つ。

「君も来るに決まってるじゃないか。僕の番《つがい》なんだから」

「え……はい？　ツガイ？」

「そうだ。マリエットは僕の番だ。本当に出会えるとは思ってもいなかったが、奇跡というのはこういうことを言うのかもしれない。直感に従ってよかったと自分を褒めてやりたい」

番とは一体なんだろう。

マリエットの頭に仲睦まじい鳥が思い浮かぶ。

――えーと、夫婦的な……？　伴侶ということかしら。

竜族がどのように伴侶を選び、結婚をするのかは不明だ。彼らは天空に住み、空の覇者として名高いが生態に関してはほとんど知られていない。

神秘的でおとぎ話のような生物だと思われてもおかしくないのだ。むしろ人と同じような姿をしていることが不思議である。

「つまり、私はエル様に選ばれたということでしょうか。その、番？　とやらに」

「そうだ。僕の永遠の伴侶ということになる」

「それは光栄ではありますが、エル様の勘違いではありませんか？」

「勘違いなんかじゃない。番に出会えば本能的にわかると言われていたがその通りだった。マリエットを一目見た瞬間に身体中が痺れるような衝撃を受けた。甘く香る匂いも、他の者からは感じられない。君だけの特別な香りだ」

はっきりと断言されても、当然ながらマリエットにはなんのことだかわからない。

――竜族の皆さんには特殊な器官があるのかしら？

嗅覚で自分の伴侶がわかるというのはすごいことだが、そうは言われてもマリエットは普通の人間だ。一体なんのことやら理解が追い付かない。

「今まで生きてきて性欲なんてものを抱いたことがなかったが、番の匂いを嗅げば発情するという話は本当だった。マリエットの声もずっと聞いていたいほどうっとりする。芳しい匂いは小瓶に閉じ込めておけるが、声を残す方法を考えないと。帰国したら早急に開発しよう」

る。


「え、え？」

話についていけない。

マリエットの匂いを嗅いで発情したというところだけを聞くと、とても危険人物に思えてくる。

「あ、あの！　私には無理です。ごめんなさい！」

「は？」

マリエットは頭を下げた。このまま流されたらとんでもないことになりそうだ。

——はっきり断らないと！

他国の王族に嫁ぐにしても、マリエットの身分では厳しい。田舎の子爵令嬢が王族の妃になるなど荷が重い。

ましてや生まれた国を離れてどこにあるのかもわからない幻の国に嫁ぐなど、おとぎ話のように現実味がないのだから。

「エル様と結婚はできません。私はこの国の子爵家の娘ですし、あまりにも身分が違いすぎます。それに昨晩のことは過ちと言いますか、一晩の夢を見させていただいたと思っていますので……」

「……過ち？」

「はい、そうです。一時の気の迷いでつい、エル様に甘えてしまっただけで」

「気の迷い……」

エルキュールはオウム返しのようにマリエットの台詞《せりふ》をなぞる。

夢だと思えばいいと言ったのは彼の方なのに、何故そんなにも衝撃を受けているのだろう。

「ですから、その……お互いのためにも、この過ちはなかったことにしましょう！」

マリエットがそう告げた瞬間、エルキュールは膝から崩れ落ちた。

「えっ⁉」

慌てて彼の様子を窺う。怪我《けが》をした様子はない。

エルキュールは放心したように掠れた声を絞り出す。

「嘘《うそ》だ……この僕を拒絶、だと……？」

蒼白《そうはく》した顔には涙が浮かんでいた。その表情すら絵画のように美しい。

――え……まさか泣いてる？

マリエットの罪悪感が刺激される。今まで成人男性が泣く姿など見たことがない。

そのように愕然《がくぜん》とした表情で涙をこぼされると、どうしていいかわからなくなる。自分の言い方が悪かったのだろう。

「あの、言い方が悪かったかも。ごめんなさ……」

咄嗟に謝罪をしようとした瞬間、ポンッ！　となにかが弾けるような音がした。

「なに、今の音……って、あれ？　エル様⁉」

目の前にいたはずのエルキュールが一瞬で消えた。

代わりに、小さくて丸っこいトカゲのようなものが床に蹲《うずくま》っている。

「きゅい……」

「え……ええー⁉」

——どういうこと⁉

白いトカゲはきゅいきゅいと泣きながら大粒の涙をこぼしている。

見たところ子猫ほどの大きさだ。身体の表面は滑らかなうろこに覆われていて、背中には蝙蝠《こうもり》のような羽がある。頭には小さな角が二本生えていた。

ふくふくと丸くて、羽と角を生やしたトカゲなど見たことがない。

「ちょっと待って、エル様はどこ⁉」

マリエットは慌ててガウンを羽織り、泣きじゃくるトカゲを抱き上げた。

そのトカゲの目はアレキサンドライトの色をしていた。この宝石のような瞳はエルキュールの目と同じ色だ。

「違う、トカゲじゃない……まさか、竜の赤ちゃん？」

大粒の涙を流す竜はマリエットの胸に縋りつく。このまま抱きかかえていていいのかもわからない。

おろおろと狼狽えた直後、コンコンと扉が叩《たた》かれた。

「殿下、失礼します。朝ですが起きてますか～……って、あれ？」

エルキュールを起こしに来た従者らしき人物と鉢合わせた。

明らかに寝起きで、素肌にガウンを着た状態は事後を思わせるだろう。

それに泣きじゃくる白い竜の赤子を抱き上げている姿は怪しさしか感じられない。

——ああ、なんてこと……。

目撃者が現れてしまった。

これはもう、一晩の過ちをなかったことにはできそうもない。

「ちょ……えぇぇー！　まさか殿下あぁぁー!?」

自分以上に慌てるエルキュールの従者を見て、マリエットは逆に冷静さを取り戻したのだった。

第二章

人は慣れないことはするものではない。

常に頭で考えてから行動してきたマリエットは理性的な人間だと思っていた。

まさか感情の赴くまま行動した結果、竜族の王子を竜の赤子に変化させてしまうとは露ほども思わない。

――こんなことが起こり得るなんて誰が想像できるというの……。

マリエットは現在、ヴィストランドの王子が滞在している離宮の応接間に通されていた。昨晩染み抜きをしたドレスを纏《まと》い、薄化粧を施している。

一旦王宮内にある自室に帰ろうと、エルキュールの従者に竜の赤子を渡そうとしたら大泣きされたのだ。

マリエットが抱き上げた途端に泣くのを止めるものだから、部屋に帰って身支度を整えることもできなかった。

「それで、婚約者の浮気現場を目撃して婚約解消を決意されたのですね？」

エルキュールの従者、マティアスがこの場の進行係を務めている。

マリエットは昨晩の出来事を順序立てて話すという羞恥を味わっていた。

膝の上で丸くなる竜の赤子を撫でながら、なんだろうこの状況……と心の中で呟く。

「はい、信頼関係が崩れた相手との縁談を進めるのは困難かと。我が家の婿養子にと思っていましたが、愛人を容認することは難しいです」

レオミュール子爵家に愛人を養うほどの余裕はない。ナルシスが当主となれば家が傾くだろう。

「モルガン伯爵とは私が話をつけよう」

そう告げたのは、先ほど登城したばかりのマリエットの父だ。

昨晩の舞踏会には挨拶回りをした後、すぐに王都にあるタウンハウスに帰宅していた。まさか娘に婚約解消と、ヴィストランドの王子との縁談が舞い込むなど思いもよらなかっただろう。

冷静に見えて動揺している父に内心謝罪しつつ、マリエットは訊かれた質問に答えていく。

この場にいるのはヴィストランドの従者マティアスと護衛が数名、レオミュール子爵、そして何故かリヴェルの王太子、フェリシアンまで同席していた。

——何故王太子殿下まで……。

マリエットは王女付の侍女をしているため、当然フェリシアンとも顔見知りだ。だが個人的に言葉を交わしたことはほとんどない。

他国の王族とリヴェルの貴族に縁談が舞い込めば、自国の王族も巻き込むことになるのだと改めて知った。その場限りの関係だと思い、感情に流されて迂闊《うかつ》な行動をするべきではなかった。

羞恥心と戦いながらエルキュールと一晩を過ごしたことを告げる。

――まさかお父様の前で純潔を失ったことを明かす日が来るなんて……！

父親に婚前交渉をしたと報告するなど恥ずかしいどころではない。大事なことだとわかりつつも、なかなか感情を制御することは難しい。

「それで、マリエット嬢はエルキュール殿下から番《つがい》だと告げられたのですよね？」

「はい、そうです」

「本当に殿下が番だと言ったのですか？　聞き間違いではなく？」

「聞き間違いではないかと……聞き慣れない言葉だったので、最初はなんのことだろうとは思いましたが、伴侶という意味なのですよね？」

エルキュールは興奮しているようだった。番とはそれほど大きな意味を持つのだろうか。

「ただの伴侶ではありません。出会えるかもわからない運命の相手、魂の片割れとも呼ばれています。簡単に見つかる相手ではないので、ヴィストランドの王族ですら番を得られず生涯独り身のままということもあります」

「運命の相手……」

――私が？

思わず膝の上のエルキュールを見下ろした。大粒の涙は止まり、今は落ち着いている様子だ。白銀に輝くうろことアレキサンドライトの瞳が美しい。つぶらな目で見上げられると、自然と微笑んでしまう。

爬虫類《はちゅうるい》は苦手だったはずなのに、竜の赤子は丸くて可愛らしい。だが本当にエルキュール本人なのかと思うと微妙な心境になる。

「ですが、私が番だなんてエルキュール殿下の勘違いかもしれませんよね？」

マティアスは微妙な顔をした。彼の視線は赤子へと変化したエルキュールに注がれた。

「いえ、今の殿下の状態を見ると勘違いではないかと……」

「どういうことだ」

フェリシアンが口を挟んだ。実に興味深そうに竜の赤子を眺めている。

「恐らくですが、うちの殿下は番であるマリエット様に拒絶されたショックと強いストレスで赤子に退化してしまったのだと思います」

「え？」

「番からの拒絶なんて、想像するだけで恐ろしいものです。私たち竜族は番からの愛を本能的に望んでいます。それを真っ向から断られたら……」

赤ちゃんになってしまっても仕方ない。そうマティアスの目が語っていた。

「そもそも竜族は皆、竜に変化するものなのか？」

フェリシアンの問いに、マティアスは「個人差はありますが、王族は完全体になれますよ」と答えた。竜族の中でも血が最も濃いとされるのが王族であり、天空を駆けることができる。だが一般市民は竜化ができない者も多いそうだ。

「もちろんエルキュール殿下も竜になれます。あ、ちゃんと大人の竜ですよ。大きさはそうですねぇ、四頭馬車より少し大きいくらいでしょうか」

「そんなにか」

フェリシアンの目が輝いた。好奇心を刺激されたようだ。

「でも今は赤ちゃんなんですね……」

「ストレスって怖いですね」

そんな一言であっさりと片付けられるものではない。

マリエットはそっとエルキュールを抱き上げた。

「ちなみにこの状態のとき、エルキュール殿下の意識はどうなっているのでしょう？　身体だけが赤ちゃんになっているのか、自我はないのかが気になります」

「そうですねぇ……」

マリエットは近くに座るフェリシアンにエルキュールを渡そうとしたが、彼は四肢をバタつかせて拒絶した。フェリシアンの顔に落胆が浮かぶ。

申し訳ない気持ちになりながら長椅子の座面に下ろすと、エルキュールはよちよちとマリエットの膝に戻った。

先ほどからまったく離れる様子がなく、母親と勘違いされていそうだ。

マティアスは主にじっとりした視線を注ぐ。

「うーん、なんとも言えませんが、精神も赤子に退行してそうですね。竜の姿でも言葉を話せるはずですが、そうじゃないとなると本当に赤子なのかも」

竜の声帯でも言葉を話せるというのが不思議だ。

――でも、きゅいきゅいという泣き声しか聞いていないわね。

「というかそうじゃなければうちの殿下は恥ずかしすぎますね！　元に戻ったときに記憶が残っていたら一生弄れそうです」

「やめてあげてください……」

エルキュールの自我はないと思った方がよさそうだ。

元に戻れたときも、赤子になっていた記憶は忘れていた方が彼のためだろう。

「では今後どうするかだが、娘にはどのような処分が下りますか？　フェリシアン殿下」

「……っ」

予想外の出来事で不可抗力でもあるが、なにも咎《とが》めがないままではいられない。

「まあ、そうだな。こうなってしまえば、彼女にも多少の責任はある」

――そうだわ、私が責任をとらないと……！

一刻も早くエルキュールを元に戻す方法を探らないといけない。

「番の件は一旦保留にするとして、マリエット嬢はエルキュール殿下を戻すようにヴィストランドに協力してもらおうか」

「はい、殿下。承知しました」

当の本人と話し合いができる状態ではないため、番の件は保留にするしかないだろう。

「マティアス様、このような事例は過去にありましたか？」

「ありますね」

「あるんですか？　ではどのようにしたら戻るのでしょう」

期待を込めてマティアスを見つめる。

彼は朗らかに「愛情を与えてください」と告げた。

「愛情？」

「ええ、そうです。たっぷり甘やかしてよしよしして、たくさん愛《め》でてください。赤子を育てるように」

「……」

予想外すぎる対処法だ。マリエットは思わず口を閉じた。

「すまない、マティアス殿。それは冗談ではなく本気で言っているのだな？」

フェリシアンの戸惑いに同意する。

人間の赤子を育てたこともないのに、竜の赤子とどう接したらいいのだろう。

「もちろん本気ですよ。冗談を言ってどうするんですか。私だって殿下が戻らないと困りますからね。番から拒絶されたショックで変化したのなら、番からの愛情を受けて治療が完了するはずです！　……多分」

「最後！」

思わずツッコミを入れたのは仕方ない。

「ですが十分な愛を与えられなければ、うちの殿下は一生赤子のままです。まあ、こっちの方が扱いやすくて可愛いですけど」

「きゅう！」と、エルキュールがなにやら抗議めいた声を上げた。人間の言葉は通じるのだろうか。

「マリエット、わかっているな？　不幸な事故とはいえ、起きてしまったことは仕方ない」

「はい、お父様」

エルキュールを元に戻せるのは自分だけ。責任という言葉が重くのしかかる。

「妹の侍女の業務は休めるように手配しておく。君はこの離宮でエルキュール殿下の世話係をするように」

「しっかり励みなさい、マリエット」

王太子と父親に命じられて、マリエットは深々と頭を下げた。

「はい、責任を持ってエルキュール殿下を元に戻してみせます」

そうは言いつつも、責任重大すぎて吐き気がしそうだ。

――いつお戻りになってくれるのかしら……。

予測がつかないと不安も消えない。

「あの、マティアス様。これまでの事例では、どのくらいの期間で皆様お戻りになったのでしょうか？」

「それは個人差があるかと。確か最後の事例はつい二百年ほど前のできごとだったと記憶してますが、そのときは割とすぐに戻れていたと思いますよ」

「……竜族の皆様が仰るすぐとは、どの程度のことを言うのでしょう？」

二百年前をついこの間のように話されると不安が募る。

「うーん、一年くらいでしょうか」

「一年⁉」

一日や二日ではなく、年単位になる可能性もあるなんて想像もしていなかった。マリエットの顔が青ざめる。

「とりあえず一週間様子を見よう。リヴェルへは好きなだけ滞在してもらって構わないが、すぐに国へ帰らなくてはいけない場合はどうするか考えておく必要があるな」

「マリエット、殿下が仰った通りまずはエルキュール殿下の面倒をみて、なにか異変があったら知らせなさい。そのうち変化の兆《きざ》しも出てくるだろう」

――そのうちっていつかしら……。

今まで犬猫を育てた経験もないのに、生態が不明な竜の赤子を任せられるなど予想外すぎるにもほどがある。

「はい、お父様。なにか気づいたところがありましたらすぐに皆様にお知らせいたします」

「ありがとうございます、マリエット様。ではお部屋へ案内しますね」

マティアスに移動を促される。

うれしそうに胸元に縋りついてきた竜の赤子を撫でながら、マリエットは緊張と不安で震えそうになった。

◆◆◆

エルキュールたちが滞在する離宮は森に近く、王宮から少し離れている。

人目につきにくく他の人間と鉢合わせないような立地に建てられており、数代前の国王夫妻がゆったりと晩年を過ごされた宮とも言われている。

ヴィストランドの王族の滞在先選びは様々な配慮が必要になった。

まず彼らは百年単位で引きこもるため、人目につきにくく静かな場所が好ましい。自然に囲まれた山の上ならなおよし、とのことだったが、残念ながら王家が所有する屋敷の中でちょうどいい場所はない。また王宮から遠く離れた場所にまで警備を置けないため、無人だった離宮を急いで整えたのだった。

結果、その判断は正しかった。人目につかない離宮には最低限の使用人しかおらず、マリエットが滞在していても噂にはならない。そして彼らはすべての晩餐会《ばんさんかい》に不参加のため、他国の使者との交流もなし。

——無防備にあちこちうろうろされたらすごい騒ぎになりそうだわ……。

マリエットは従者のマティアスと、エルキュールの護衛の竜族をちらりと窺う。彼らは皆、非常に整った顔立ちをしているのだ。

それこそ美形に免疫のない令嬢なら失神しそうである。一番神々しいほどの美貌を放っていたのはエルキュールだったが、今は小さくて丸っこい竜の赤子。花瓶に活《い》けられた花に興味を示している。

「ゆっくり過ごしてと言われたけれど、これからどうしましょう」

エルキュールの部屋へ通された後、マティアスは部屋を出て行ってしまった。いろいろと予定を調整する必要があるため忙しいらしい。

離宮の周辺を散策する程度なら動き回っても大丈夫だと言われたが、外の空気を吸った方がいいだろうか。ずっとエルキュールを抱っこしているわけにもいかない。

「えっと……エルキュール様、少し外を歩いてみましょうか」

膝からラグの上に下ろす。きょろきょろと興味深そうにしている姿も可愛らしい。

——愛情を与えてと言われたけれど、四六時中抱っこしているわけにはいかないわ。なるべく傍にいて撫でてあげたらいいのかしら？

子犬や子猫の飼い方と、人間の赤子の育児本にも目を通した方がいいかもしれない。他にはトカゲの飼育法だろうか。

「きゅ……きゅぅぃぃ！」

「わあっ！　ごめんなさい、嫌だった？」

何故ラグに下ろした！　と激しく抗議をされているようだ。アレキサンドライトの瞳が途端に潤みだす。

「待って、泣かないで！　えーと、なにかおやつを……！」

——そういえば竜の赤ちゃんってなにを食べるのかしら？

しまった、マティアスに聞き忘れていた。

犬や猫ならミルクでもいいと思うが、竜の主食がわからない。

昨日はエルキュールにショコラを食べさせられたが、彼が飲食をしていたところは見ていなかった。

――人間の食べ物は毒ってこともあり得るかも……。

果物なら大丈夫だろうか。だが取りに行く前に泣《な》き止《や》んでほしい。

ふと、花瓶に活けられた花に視線が止まる。

――あ、蜘蛛《くも》がいるわ。

きっとトカゲなら喜んで食べるだろう。竜もトカゲの仲間のはずだ。

「エルキュール様、ほら！　蜘蛛ですよ！」

マリエットはエルキュールを持ちあげて花瓶に近づけた。

ぴたりと泣き止んだ隙に、「食べていいですよ！」と笑顔で告げる。

「ぴ……っ！」

エルキュールは硬直した。真っ白な尻尾をブンブンと左右に振っている。

「わあ、喜んでるんですね！　やっぱり竜もトカゲの仲間なんですね。虫が好きでしたら花壇に行ったらたくさんとれるかしら？」

「きゅう……ぴぃ、ぎゃあーーっ！」

小さな四肢をばたつかせて全身で拒絶した。確実に怒っているようだ。

「ええ？　尻尾を振るのは喜んでいる証じゃないの？」

蜘蛛は好みじゃなかったのかもしれない。

マリエットはエルキュールを抱きしめて背中を撫でる。

「ごめんなさい、蜘蛛はお嫌いだったのですね」

違う、そうじゃない！　と、エルの尻尾がマリエットの腕をビシビシ叩く。

外にも聞こえるほどの騒ぎを聞きつけて、マティアスが慌ててやって来た。

「どうかなさいましたか？」

「マティアス様、ちょうどいいところに」

泣きながら怒るという器用なエルを抱き上げながら、マリエットは困ったように眉尻を下げた。

「竜族の皆様の食べ物はなにか特殊なのでしょうか？　先ほど聞き忘れてしまって」

エルキュール様が晩餐会に不参加なのは社交が苦手だけではなく、食べ物が合わないというのもあるのだろう。余計な気を遣わせないために参加しないのかもしれない。

「エルキュール様になにかおやつでもと思ったのですが、竜の赤ちゃんにはなにを食べさせたら大丈夫なのかわからなくて……試しに花瓶の花についてた蜘蛛をあげようとしたらすごく抵抗されてしまいまして」

「は……蜘蛛を？」

小さな花蜘蛛が花びらの上で固まっている。生命の危機を感じたのかもしれない。

「殿下……蜘蛛を食べさせられそうになって抵抗を……？　ぶふっ」

笑いを堪えようとして堪えきれていない。

エルキュールはマリエットの腕の中から飛び出し、マティアスの腕に噛みついた。

「きゃあ！　エル様⁉」

「ああ、大丈夫ですよ。我らにとってこのくらい、かすり傷にもなりません」

マティアスはがぶがぶと噛みつくエルキュールをひょいっと摘《つ》まみ上げた。自国の王子の扱いとしては雑だ。

「言いたいことがあるならはっきり仰ったらどうですか？　元に戻ればすぐに伝わりますよ」

「ぎゅるぅ……っ」

喉奥から搾り出る唸《うな》り声には怒りが混じっている。赤子なのに意思表示が凄《すさ》まじい。

「あの、お二人とも……」

思わずマリエットが声をかけると、エルキュールはマリエットの胸へ飛び込んだ。

「え、こんな小さな羽なのに飛べるの？　すごいですね！」

「きゅう……！」

今度はゴロゴロと子猫のようにマリエットの胸元に顔をこすりつけている。褒められて喜んでいるらしい。

「わあ～すごい変わり身……って、えーと、食べ物のことでしたよね？　ミルクでも与えておけばいいと思いますよ」

「え……」

そんな雑でいいのだろうか。

「あの、普段はどのような食生活を……？」

「ほとんど人間の皆さんと変わりませんよ。ただ傾向としては味がはっきりしているものを好むことはありますね」

「たとえば甘い物や辛い物とかですか？」

「ええ、他にも苦味や酸味が強い食べ物など。でも特定のなにかを食べたら毒になるということはありません。逆に人間にとっては毒でも、我らには効かないことは多々ありますね」

胃袋が頑丈らしい。

――そうよね、竜族だもの。強靭《きょうじん》な身体を持っているのだから、胃袋も丈夫なんだわ。

でも赤子に大人と同じ食事はどうかと思う。味付けは薄めがよさそうだ。

「わかりました。気を付けないといけない食べ物は特にないと思っておきます」

「まあ竜体のときは個体差が激しいので、大体一通り与えてみて好みを把握することが一番楽だと思いますよ。とはいえ、我々も完全な竜の姿で育児をすることはほとんどないので一般的な話しかできませんが」

つまりエルキュールの幼少期はこの姿ではなかったのだろう。

生まれたばかりの竜族は人間と同じような赤子なのかもしれない。

――私はとても貴重な体験をしているんじゃないかしら……。

マリエットに緊張が走る。

ヴィストランドを調べている学者に見つかったら大変なことになりそうだ。

「ではミルクと果物から与えてみますね。徐々に食べ物を追加してみたいと思います」

「ありがとうございます。他には質問ありませんか？」

「そうですね、食べ物以外の注意点はありますか？　湯浴《ゆあ》みの温度は何度までとか、就寝時に気にしなくてはいけないこととか」

「適温でしたら何度でも。まあ水浴びでも問題ないですし、多少温度が高くても茹《ゆだ》ることはないですよ。人間と同じでちょうどいいです。寝るときは勝手に自分で巣を作ると思いますので、柔らかいブランケットさえあれば大丈夫かと」

――ざっくりしてるわね……。

気を抜いたら死んでしまうような生き物ではないということらしい。

そう断言されるとほっとする。四六時中注意を払わないといけないわけではなさようだ。

――あとで寝床になりそうなバスケットを用意してもらいましょう。その他気にしないといけないことは……。

動物を飼うときに気を付けないといけないことは、衣食住の他に排泄《はいせつ》問題もある。赤子であれば自分で制御ができないだろう。

「そうでした、排泄の管理についてはどうしたらいいでしょうか」

「はい？」

「エルキュール様はおしめをしていないので、一か所にまとめてしてもらえると掃除の手間が省けそうだなと……確か生まれたばかりの子猫はうまくできないので、親猫が手助けをするんですよね。エルキュール様は大丈夫かしら……って、あれ？　ついてない？」

エルキュールのお腹《なか》をひっくり返す。

男性器があるはずの場所はつるりとしたうろこに覆われていた。

突然ひっくり返された赤子はびっくりしたように目を見開いている。

「ぶはっ……ははは！」

マティアスは腹を抱えて笑い出した。なにかおかしな発言をしただろうか。

「すみ、すみません……そうですよね、大事なことですよね。えーと、竜の姿の時は出し入れ可能になってるので、体内に収まってるのですよ。排泄時にだけ外に出るんです」

「そういうことなのですね……」

――不思議な生態だわ。

赤子がじたばた動き出した。ひっくり返されて怒っているようだ。

「一応おまるを用意しておきましょうか。多分使わないと思いますが」

「使わない場合はいつも通りのお手洗いを使用するのでしょうか。この小さな身体で？　落っこちないかしら」

しばらくは見守っていた方がいいだろう。でも見つめられていたら出るものも出ないかもしれない。

「ははは、多分大丈夫ですよ。殿下は生まれたときからプライドが高いので、赤子になってもそんなことにはならないかと……いたっ！」

エルキュールはマリエットの腕から飛び立ち、容赦なくマティアスの腕をがぶりと噛んだ。

マリエットは竜族の血も赤いことをはじめて知った。


――なんだかとても長い一日だったわ……。

ご機嫌な様子でクマのぬいぐるみに噛みついている赤子を見つめる。

人間の姿と区別するために、マリエットは赤子の方を「エル様」と呼ぶようになっていた。

マティアスの前では本名のエルキュールと呼んでいたが、笑い上戸の彼がすぐに噴き出してしまうのでエル呼びで落ち着いたのだ。

――本当に、この小さな竜の赤ちゃんが絶世の美男子の竜族の王子様だなんて未《いま》だに信じられないけれど。

そしてマリエットのはじめてを捧《ささ》げた相手でもある。昨晩のことを思い返すと顔に熱が上がりそうだ。

——お父様にふしだらな娘だと思われなかったかしら。

むしろナルシスと婚前交渉をしていなかったことにホッとしたかもしれない。純潔を捧げた相手に裏切られた方がショックが大きい。

——ナルシス様との婚約の解消は滞りなく進むといいけれど。

モルガン伯爵は話の通じる人ではあるが、貴族らしくプライドが高い。格下の子爵家から縁談を破談に持ち込まれたら頭に血が上るかもしれない。

だが先に裏切ったのは息子のナルシスであり、恋人を容認したまま婿養子にさせようとしていたのであれば伯爵にも非はある。なにも知らなかったのだとしたらナルシスに雷が落ちるだろう。

——まあ、解消せざるを得ないわよね。私に新たな縁談が舞い込んでしまったのだから。

他国の王族からの縁を無下になどできるはずがない。それこそ田舎の子爵家が太刀打ちできる相手ではないのだから。

番というのがどういうものなのかよくわからないけれど、マティアスからは今は子育てに専念してほしいと言われていた。エルキュールとの番の話は、彼が無事に戻ってから話し合えばいいと。

それがいつになるのかが問題なのだが……明日戻るのか、一週間後か、もしくは一年後か。

「赤ちゃんになっている間の記憶はどうなるのかしら。元に戻ってもそのままか、忘れてしまうのか」

忘れてしまった方がいいだろう。大人に戻ってから赤子のときの振る舞いを思い出すなど、マリエットなら羞恥で爆発してしまう。竜族に羞恥心というものがあればの話だが。

「くわぁ……」

エルが大きく口を開けてあくびをした。眠いのかもしれない。

「たくさんご飯食べたものね。もう寝ましょうか」

食事はマリエットが与えたものしか食べず、試しにマティアスが木の実をあげようとしたらそっぽを向かれていた。

鶏肉《とりにく》のソテーを小さく切って与えたら口に合ったようだ。ハーブと香辛料が好みではないかもしれないと思っていたが、目を輝かせて食べていたので大丈夫そうだった。

だが人間と同じスープを与えるのは大変なので、明日はとろみのあるポタージュを作ってもらおう。零さないように飲ませるのは苦労した。

「芋を潰したものは消化にも良さそうよね。明日の朝もたくさん食べられるといいわね」

うとうとしているエルを抱き上げる。

いつもの就寝時間よりは早いが、赤子はもう寝る時間だろう。

「エル様用の寝床を作ってみたわ。気に入ってもらえるといいのだけど」

マティアスからはブランケットを与えておけばいいという雑な提案しかされなかったので、

マリエットは自分なりの工夫をすることにした。エルが寝返りを打てる大きさのバスケットを用意して、クッションを敷き詰めたのだ。

エルをそっとバスケットの寝床に寝かせると、もぞもぞと動きだした。ちょうどいい場所を見つけたらしい。

「よかった……」

丸くなって眠る身体にブランケットを載せて、マリエットは足音を立てないようにそっと寝室から離れた。ようやく自由時間を確保できた。

まさか起きているときは四六時中一緒にいることになろうとは思わなかった。

――今のうちに湯浴みをしてこよう。

少しでもマリエットの姿が見えなくなると、エルは泣き声を上げた。ゆっくりお手洗いにも行けず、可哀想なのでマティアスに預けると激しく仰《の》け反《ぞ》る始末。

「もう割り切るしかないですね！　気にせずお手洗いに行ってきてください」と言われたが、なんとも心苦しくなった。

――赤ちゃんの泣き声を聞いてると、どうにかしなきゃっていう焦りが生まれるのよね。これって遺伝子的に組み込まれている本能なのかしら。

子育て中の親とは、子供が寝ているときにしか自由になれる時間がないようだ。マリエットの両親もきっと大変な苦労をしてきたのだろう。

レオミュール子爵家は最低限の使用人しかいないため、マリエットには乳母もいなかった。

——あんまりゆっくり入っていられないわね。早く身体を洗って出ましょう。

いつエルが起きるかわからない。目が覚めたときにマリエットがいなかったらきっと泣き出してしまう。

——あ、こんなところに痣《あざ》が……。

太ももの内側に赤い鬱血《うっけつ》痕ができていた。これが昨晩の情事の証だと気づき、マリエットの心臓がドキッと跳ねる。

——一晩の関係でも痕を残すものなのかしら……証拠になるものを残さないと思うけど。

やはり最初からエルキュールは一晩だけでマリエットを逃がすつもりがなかったのだ。

もしも最初からマリエットを番だと思って声をかけてきたのだとしたら、なかなか用意周到である。

——あ、確か匂いでわかったたって言ってたわ。だったら果実水をくれたときから、私のことを番だと確信していたのでは……。

その後の情事の記憶が蘇《よみがえ》り、腹の奥がキュンと収縮した。

たった一夜で自分の身体に快楽を刻み込まれたのだと思うと、言葉にならない感情がこみ上げてきそうだ。

——痛くなかった……むしろ気持ちよさしかなくて。

痛みがなかったのは相手が竜族だったからだろうか。

そういえば唾液を飲まされたが、彼らの唾液には痛みを抑制する効果が含まれているのかもしれない。

今日は朝から動き回っているが、身体が辛いということもなかった。朝起きたときは筋肉痛を感じたが、その後は特になにもない。はじめての体験だったのに、この程度で済んでいるのは一般的ではないだろう。

「きゅう……きゅいい……っ？」

「っ！　エル様起きちゃった？」

寝室から鳴き声が聞こえてくる。マリエットは急いで身体についた泡を流した。

「ちょっと待ってて、あと少しだから……！」

とにかく居場所を報《しら》せてあげよう。姿は見えなくても傍にいることがわかれば安心するかもしれない。

身体についた水滴を拭おうとタオルに手を伸ばしたとき、浴室の扉が開いた。

「え？　あ、エル様！」

浴室の扉は鍵をかけていなかった。

小さな羽をばたつかせたエルが取っ手にぶら下がり、そして一目散にマリエットの胸に飛び込んで来た。

「きゅいぃ……」

「ごめんなさい、目が覚めて寂しかったのね？」

寂しさと同じくらい、なんでひとりにしたんだという怒りも混じっているようだ。マリエットの豊かな膨らみに顔を埋めながら尻尾を左右に振っている。

どうやら感情が昂《たかぶ》ると尻尾を振るらしい。これは喜んでいるときとは限らない。

――竜の赤ちゃんは眠りが浅いのかしら。熟睡してくれないんじゃ、ひとりで湯浴みをするのも難しいわね……。

小さな手がマリエットの乳房を掴《つか》んでいる。爪があたると少し痛い。

「じゃあ、エル様も一緒に湯浴みする？　私はもう出るところだったけど、まだお湯は捨ててないから」

その提案に全力で乗ったようだ。エルはマリエットの胸から飛び降り、ぼちゃんと浴槽に落ちた。

「あ！」

パシャパシャと泳ぎだした姿にホッとする。

マリエットは少し冷えた身体をふたたび温めることにした。

「うーん、湯浴みが好きなら次からは一緒に入るようにしようかしら」

「きゅう！」

賛成だ！　と言うようにエルが声を上げた。

むしろそれ以外の選択なんて許さないという感情も込められていそう。

——マティアス様からは、絞った布巾で拭くだけで十分だと言われたけれど。

『汗でべたつくこともありませんし、うろこについた汚れも簡単に落ちますからね。わざわざ湯浴みをさせることもありませんよ』と言っていたが、エルのはしゃぎようを見ていると純粋に水が好きなのだろう。

愛情を持って世話をしないと元の姿に戻れない。

責任重大な任務だが、少しでも楽しく快適に過ごせた方がいい。

「エル様、そろそろ上がりますよ。タオルでくるんであげますね」

先にエルをタオルでくるんでからマリエットも身体に付着した水滴を拭う。もしもこれが人間の異性の前だったら、こんなに冷静ではいられないだろう。

明るい浴室で裸を見られることも一緒に湯浴みをすることも、猛烈な羞恥心に襲われてゆっくりするどころではない。

寝間着に着替えてから、タオルで遊び始めたエルを抱き上げる。

どこからどう見ても精神は赤子のようだ。中身が成人済みの男性とは思えない。

——やっぱりエルキュール様の自我は消えていると考えてよさそうね。

竜族の知能は高いため早々に言葉を理解しそうだ。積極的に話しかけた方がいいだろう。

——不思議だわ。最初はトカゲっぽいって思っていたけれど、今は竜にしか見えない。愛嬌《あいきょう》があってとっても可愛らしい。

表情が豊かな竜の赤子は見ていて飽きない。これは愛玩動物としても人気が出てしまいそうだ。もしも外に連れ出さないといけないときは他の動物の着ぐるみでも着せた方がいいかもしれない。

マリエットはふたたびエルをバスケットの寝床に横たえた。

とても不満そうな抗議を受けたが、心を鬼にして「あなたの寝床はここですよ」と説得したのだった。

◆◆◆

——ああ、まただわ……。

エルとの同居を開始してから早くも四日目の朝を迎えた。

昨日と同じく、今朝のマリエットも身体の疼きを感じながら目が覚めた。

少し身じろぎをしただけでわかる。下着がしっとりと濡れていて気持ち悪い。

こんな風に目覚めるなど今までなかったのに、エルキュールに抱かれてから身体に変化が訪れたのかもしれない。

快楽というものをはじめて味わったから、今まで一度も自覚したことがなかった性欲を意識するようになったのだろう。身体の奥が熱っぽい。そして困ったことに、夢での出来事を鮮明に思い出してしまう。

――うう……あんな淫らな夢を毎晩見るなんて……。

まるで夢の中でエルキュールと交わった体験を再現しているようだった。目を閉じると凄絶な色香を放つ彼に愛を囁かれ、キスをされた瞬間が蘇ってくる。

甘い声で可愛いと連呼されながら首筋をゆっくりと撫でられて、ぞくぞくと肌が粟立った。お腹の奥がズクンと疼き、胎内に熱がこもる。

誰にも触れさせたことがない花園にエルキュールの繊細な指がつぷりと挿入し、ゆっくりと中を解《ほぐ》れさせていく。

とろとろとした蜜が彼の手首に零《こぼ》れ落ちるまで丁寧に愛撫《あいぶ》を続け、同時に存在を主張させる胸の蕾《つぼみ》をコリッと弄られればあっという間に頭が真っ白になった。

マリエットは夢の中で、思考を塗りつぶすような快感を何度も追体験しているようなのだ。ただの夢だとわかっているのに、目が覚めると身体は火照り下着はぐっしょりと濡れている。

――朝になると下着を取り替えなきゃいけないなんて、どうしちゃったのかしら……。

おかげで洗濯物が増えてしまう。

着替えなどの必需品は初日に王宮の自室から取ってきているが、もう少し枚数を増やしておけばよかったかもしれない。

「きゅう?」

バスケットの中で眠っていたエルも目覚めたようだ。

マリエットの寝台では潰してしまうかもしれないためバスケットに避難させているのだが、そのバスケットは寝台に置いていた。離れたテーブルに置くと、エルの抗議が激しいのだ。

「おはようございます、エル様」

エルはよちよちと歩き、バスケットから下りてくる。マリエットの元まで向かうと、「きゅ」と小さな声を上げた。

――可愛い……!

すっかりエルのあざと可愛さに心を奪われてしまった。小首をかしげて様子を窺ってくるところも愛らしくて、胸がときめいてしまう。

今のところ人間に戻る片鱗《へんりん》はまったくないが、こればかりは仕方ない。

「お腹が減りましたか？　ちょっと待っててくださいね、支度をしたら食堂へ参りましょう」

朝の挨拶を終えてから、マリエットは顔を洗いに洗面室へ向かう。

しっかりと施錠をし、使い物にならなくなった下着を交換した。蜜を含んだ布はずっしりしている。

――うう……純真なエル様の瞳に見つめられた後にこの現実を直視するのは重いわ……。

淫らな身体になってしまった。きっとあの夢は淫夢と呼ばれるものだろう。

身体の熱を手早く発散させたいが、マリエットは自分自身を慰めたこともない。夢の中のエルキュールを再現するのも躊躇《ためら》われる。

――ううん、きっと身体を動かしていたら大丈夫よね！

「お待たせしました。さあ、今日の朝ごはんはなんでしょうね」

「きゅい」

「エル様の好きな人参《にんじん》のポタージュもあるといいですね。あと卵がとろとろなオムレツも」

「きゅうう！」

喜んでいる顔が可愛らしい。

まだ言葉は喋《しゃべ》りそうにないが、十分感情が伝わってくる。

マリエットはエルを抱き上げて、この日も竜の子守りに専念するのだった。

第三章

エルキュールが赤子の竜に変化してから早くも一週間が経過した。

マリエットは王宮にある自室に追加の荷物を取りに向かっていた。

現在は長期休暇扱いになっているため、顔見知りと鉢合わせるのは少々気まずいが仕方ない。

——そういえば王太子殿下は姫様になんてお伝えしたのかしら。

フェリシアンは自分に任せておけと言っていたが、詳細を聞きそびれてしまった。竜族の王子の面倒を見ているとは言えないため、きっとうまい言い訳を考えてくれたはずだ。

着替えをいくつか選び、布袋に詰めていく。予備の下着も多めに用意した。

幸いマリエットは一人部屋を与えられている。王女付の侍女の福利厚生のひとつでもある。

——今頃姫様はダンスのレッスン中よね。

相手の講師を振り回していないといいが。なにせこれまで講師役は五人も変わっている。

そっと周囲を確認しながら自室の扉を施錠した。

ここから離宮までは歩いて三十分ほどかかる。少しでも早く戻るために、マリエットは中庭の温室を通ることにした。

「あら、マリエットじゃない」

「……っ！　姫様」

——何故ここに！

近道を選んだことで予期せぬ人と遭遇してしまった。

人目につきにくい回り道を選んでおけばよかったと後悔するが、表情には出さないように意識する。

「てっきり領地に戻っていると思ったのだけど、いつ帰って来たの？　まだ復帰するには早いんじゃない？」

ミレーヌ王女から労わるような言葉をかけられて、マリエットは不意打ちのように感動してしまった。

「お心遣いありがとうございます。フェリシアン殿下からはどのようにお聞きになっていますか？」

「お兄様からは、マリエットが婚約者の浮気を目撃して意気消沈しているからしばらく長期休暇を取らせたって。婚約も解消したんでしょう？」

婚約解消の理由はナルシスの浮気で通しているようだ。

王女付の侍女で王族からの信頼を考慮すると、レオミュール子爵側から格上の伯爵家へ破談を申し出ることも無理な話ではない。

「まったく、わたくしの侍女なら相手の顔を一発や二発は殴ってやったのよね？」

「まさか！　そんなことできません」

「まあ情けない！　わたくしだったら股間を一発蹴りあげてやるわ！」

「姫様」

マリエットの侍女仲間が王女を窘《たしな》めた。

フェリシアンとよく似た顔立ちのミレーヌは外見だけなら可憐《かれん》な美少女だ。しかし野生動物のように突発的な行動が多く直情型で、苛烈な性格をしている。

「いいこと、マリエット。わたくしの侍女を蔑《ないがし》ろにしたということは、主であるわたくしにも喧嘩《けんか》を売ったことになるのよ！　しかも浮気相手はエマール伯爵家のアネットだそうじゃない。あの牛女、お兄様にも色目を使ってくるんだから排除するのが大変だったわ！」

――ああ、姫様の導火線に火をつけてしまったわ……。

一度怒り出すとなかなか鎮火しない。黙っていれば絵本に出てくるような王女なのだが、中身はとても短気だ。

ミレーヌの怒りはアネットのドレスにまで飛び火した。これ見よがしに胸を強調したドレスばかり着て男性を弄ぶ悪女だと言いだしている。

半分以上は王女の僻《ひが》みも入っているのだろう。マリエットは成長の兆しが見えない彼女の胸部から視線を逸らす。

「わたくしだって毎朝嫌いなミルクを飲んで少しでも胸が成長するようにマッサージもしてるのに、こんなところだけお父様似だなんて！」

「姫様はまだ十四歳なのですから、これから成長されるのですよ」

侍女が納得するように宥《なだ》めて落ち着かせてから、マリエットは話題を変えることにした。

「それで、姫様はどちらへ向かわれる予定なのですか？　確かこの時間はダンスのレッスンでしたよね」

ミレーヌの肩がぴくんと跳ねた。

両腕を組み、「今日は急遽《きゅうきょ》予定変更になったの」と答えた。

――逃げ出したんじゃないかしら……。

ちらりと同行している侍女を窺う。彼女は小さく頷いた。

――やっぱりね。

自由奔放に動きたいミレーヌにとって、型にはまった動きを強要されるダンスは窮屈なのだろう。すぐに飽きて逃げ出してしまう。

彼女にしてみれば講師たちの教え方が下手なのだそうだが、ミレーヌも来年には社交界デビューを控えている。そろそろ一通り学んでほしい。

「姫様、先日の舞踏会は素晴らしかったですわ。他国から大勢の方が舞踏会に参加されて、うっとりするほど煌びやかな一夜でした」

「婚約者の浮気を目撃したのに？」

「それは予想外でしたが……来年姫様が社交界デビューをされたら、皆が姫様に注目します。大勢が集まる場で美しい姫君が完璧なダンスを披露されたら、その場にいる全員が姫様の虜《とりこ》になるでしょう」

微笑みひとつ、ダンス一曲で全員の心を奪えたらさぞかしいい気分になれる……と、マリエットが語ると、単純な王女はなにかを想像したようだ。

「そうね、舞踏会の主役はわたくし以外にはいないもの。リュシー、ダンスのレッスンに戻るわよ！」

「はい、姫様」

侍女仲間に視線だけで感謝された。このくらいはお手の物である。

「というかマリエット、あなた意気消沈していたわりには肌艶がいいんじゃない？　まったくやつれているようには見えないし、むしろ綺麗になってる？」

「え？　そうですか？」

急に自分のことを指摘されて、マリエットはドキッとした。

肌艶がよくなるようなことをしていないとは言い切れない。

――毎晩淫夢を見て、朝になると欲求不満だなんて言えないわ……。

恥ずかしい夢を見ているだけでもホルモンのバランスは整うのだろうか。肌艶がよくなる理由はわからないが、「枕を変えたからかもしれません」と答えた。

「ふーん、まあいいけれど。もうちょっとしたら、ちゃんと戻ってきなさいよね。あともう一個聞き忘れてたわ」

「はい、なんでしょう」

「ヴィストランドの王子が舞踏会に来たそうじゃない。どうだった？　ちゃんと見てきたわよね？」

妙に勘のいい王女との会話は時折ヒヤッとする。マリエットは残念そうに眉毛を下げた。

「……いえ、私はそれどころではなかったので……」

「まあ、そうよね。お兄様やお父様に聞いてもはぐらかされるから、本当にいるのかしら？　って思ってたんだけど。晩餐会にも不参加なんて変よね」

「水が合わないのかもしれませんね……」

体調不良で臥《ふ》せっているのではと告げると、ミレーヌは納得したようだった。そのままふたりが温室を去るのを見送り、小さく溜息を吐いた。

——心臓に悪いわ……。

勘のいい相手との会話は慎重に言葉を選ばなくてはいけない。

マリエットは人目につかない道を選びながら、離宮へ向かった。

◆◆◆

一方、マリエットが不在中の離宮では、マティアスが竜の赤子を抱き上げていた。

「……それで？　いつまで遊んでいるつもりですか？　殿下」

「放せ。僕は男に抱き上げられる趣味はないぞ！」

小さな竜が四肢をバタつかせる。

マリエットの前では未だに赤子のふりをして鳴き声しか上げないが、実はこの姿に変化した翌日には自我を取り戻していた。

「はいはい、私だって別に殿下を抱き上げたいなんて思っていませんよ。ただの逃亡防止のためです」

マティアスはやれやれと嘆息し、要望通りにエルを机の上に置いた。

「というか、一体いつから喋れるんですか？　今まで可愛い子ぶってめちゃくちゃマリエット様に甘えてましたよね」

「自我を取り戻してから話せるようにはなっていたが、互いに今のままの方が好都合だろう。マリエットも可愛い僕に癒《いや》されているようだな。いや、僕は可愛いだけではなく美しいというのが正しいが」

マリエットはエルのことを白い竜だと思っているが少々違う。

ヴィストランドではエルキュールのうろこを白銀に輝く月光色と呼んでいる。ただの白竜ではなく、神秘的な月色の竜だ。

「月光色なんて、それこそ幻と言われるような超ド級の希少な色ですからねぇ。このうろこ一枚で一生暮らせるほどの価値があると知ったら、マリエット様は気絶しちゃうんじゃないですか?」

「番《つがい》が気絶したら僕の出番だな。甲斐甲斐《かいがい》しく看病しよう」

「その前に人に戻る必要がありますけどね」

会話はできるようになっていたが、見た目は赤子の竜のままだ。しかし口調はいつものエルキュールなので、なんとも違和感が強い。

「それで殿下はどこまで覚えているのですか? ご自身の意思でその姿に変化したわけではないでしょう?」

もちろんエルキュールが自ら望んで赤子になりたいと思ったわけではない。気づいたらこの姿に変化していたのだ。

「三百年生きていても、自分の身体をすべて把握できているわけではないようだな。正直なところ、この姿に変化した瞬間は覚えていない。だが気づいたらマリエットの胸に抱かれていて天国かと思った」

マリエットとマティアスの話の内容から、竜の姿に変化してから二日目だと知った。

エルキュールの意識は一日以上赤子に支配されていたようだが、二日目の午後には自我を取り戻している。

「ええと、つまり殿下は番を拒絶されたことを覚えていないと？」

「ぐ……言うな！　それは絶対に聞き間違いだ！」

そうは言いつつも、残念ながらその発言は覚えている。

ただ竜の赤子に変化したのはエルキュールの意思ではないだけ。猛烈な悲しさがこみ上げてきたことまでしか記憶にない。

「僕だってまさかこんな姿になるとは思わなかった。あのときは身体の力が一瞬で抜けて、精気がごっそりと消えたような感覚に陥った」

「なるほど……強いショックとストレスで心が一瞬で空っぽになったのですねぇ。その反動で赤子になるとは興味深い。過去に何件か事例があるのは知ってますが、実際に目のあたりにするのははじめてですよ。後遺症がなければいいですが、帰国したらじっくり検査した方がいいですね」

エルの顔に皺《しわ》が寄った。まるでイヤイヤ期の子供のようだ。

「後遺症も副作用もないから問題ない。失った心のエネルギーを回復すればいいだけだ」

それを満たせるのは番だけ。

マリエットの傍にいることがエルにとっての最善になる。

「まあ帰国後のことは後で考えるとして、その姿でも喋れるってことは随分満たされたのですよね。じゃあさっさと元に戻りましょう」

「嫌だ」

エルはプイッと従者から顔を背けた。今度はマティアスの眉間に皺が寄る。

「嫌だ、じゃないんですよ！　あなた何歳ですか？　三百超えてるんですよ！　この国と同い年ですよ！」

「竜族の中ではまだ若造じゃないか。それに僕はお前よりも若い」

「たかが数十年の違いでしょう」

数十年など竜族にとっては誤差の範囲だ。それこそ一週間なんて瞬《まばた》きにも満たない。

エルはマティアスにじっとりとした視線を向けた。

「お前は想像したことがあるか。これまで生きてきた中で、マリエットと過ごしている一週間がとてつもなく濃い時間だということを」

「殿下……」

番を見つけたら、竜族はこれまでと同じようには生きられない。番をなかったことにもできない。理屈では説明できない衝動と、相手の心の奥まで手に入れたい渇望がこみ上げる。

それは経験していない者には理解できないかもしれない。

――一度マリエットに触れてしまったら二度と手放せない。手放した瞬間僕は死ぬ。大げさではない。心が死んでしまう。

だから今の時間をより長く味わいたいのだ。幸せな時間を永遠に感じていたい。

「確かに僕は満たされている。まだ完全に満ちているわけではないが、人の姿に戻ることは可能だ」

「それなら……」

「でも嫌だ。まだ足りない。もっともっとマリエットに甘やかされたい！」

「そんな力いっぱい言われましても……」

マティアスは微妙な表情を主に向けた。全力で甘やかされたいと主張する主に脱力する。

「マリエットの手の温もりに触れられるだけでふにゃふにゃに蕩《とろ》けそうになる。優しく撫でられたら睡魔に襲われるし、彼女の手で餌付けをされたらもう自分で食事なんてできなくなるぞ！」

「いや、しましょうよ。食事くらい」

聞きようによってはとても情けない。だがエルの気持ちはマティアスにも伝わって来た。

「給餌は求愛行動だろう？　つまり僕たちは両想いということだ」

「違います、親鳥が雛《ひな》に餌をやってるのと同じですよ」

マティアスの声は届いていない。自分の世界に入り込んだエルは興奮気味に小さな羽をパタパタさせる。

「はあ、どうやってマリエットに番の自覚を芽生えさせようか。やはりヴィストランドまで攫うしかないか？」

「いきなり犯罪発言は止めてください」

マリエットは自室にまで荷物を取りに行っているためしばらく戻ってこないが、早めに戻ってくる可能性もある。

「そもそもマリエット様とお近づきになれたのだって私のおかげなんですからね」

「そうだったな。よくやった、マティアス」

舞踏会の夜にマリエットのドレスに果実水をかけたのはマティアスだ。事故を装い、故意に彼女のドレスを汚したのだ。シミにならないように透明の飲み物を選んではいたが。

「あなた様が急に番の匂いを感じるとか言い出すから、そんな奇跡あってたまるかって思ったんですけど」

「おい」

結果として、マリエットがエルキュールの番で間違いなかった。彼女にだけ発情すると聞けばマティアスも納得せざるを得ないだろう。

赤子になった初日は番と離れるだけで絶望感に襲われて泣いていたようだが、エルキュールが自我を取り戻してからは、多少なりとも我慢ができるようになった。

とはいえ、しばらくマリエットの姿が見えないと不安で落ち着かない。彼女に出会ってから寂しさというものをはじめて知った。

「まあ、そろそろ動いてもいい頃合いではあるか」

彼女から向けられる眼差《まなざ》しには愛情がこもっている。愛情とはつまり愛だ。愛にはいくつもの種類があるらしいが構わない。愛であることに変わりはない。

「僕はマリエットに愛されている。だからこれから先、彼女と離れることなどありえない」

「そうですか……でも現実問題、マリエット様は婚約を解消したばかりですからね。急に殿下との婚約を発表したら、どんな騒ぎになるか」

むしろ発表するのは控えた方がいい。一体どんな騒ぎになるか見当もつかない。

「あのナルシスという男と婚約を解消できたのは喜ばしいな。僕のマリエットとあの男が釣り合うはずがないだろう」

「まだあなた様のものではないですけどね」

「そうならない未来が存在すると思うか？」

マティアスは口を噤《つぐ》んだ。なにせ竜族に目をつけられたら諦めるしかない。それがこの世の理、世界の常識なのだ。

百年単位で引きこもっていたため、今の人間には馴染《なじ》みがないかもしれない。だがほんの五百年ほど前までは、ヴィストランドの竜族も国外に多く住んでいた。番を得るために。

「昔は拉致監禁、誘拐事件が起こっても竜族相手なら黙認するしかないという無法状態でしたからねぇ……さすがに千年前の古参の竜と違って、最近の若者は対話が大事だと知っていますけど」

ヴィストランドの国王、エルキュールの父は穏健派だ。人間を番に向かえる者は相手の意思を最大限に尊重しろと命じている。

だからエルキュールもマリエットの意思を尊重したい。

――甘く優しい言葉をかけて番の心をほぐし、そして快楽を刻み込んで離れなくさせればいい。

番の心がほしいなら、まずは相手を思いやるべきだ。エルキュールも根気強く付き合うつもりでいるが、最終的にはマリエットが折れる未来しか存在しない。

「僕はマリエットに里帰りをさせないほど狭量ではない。彼女が帰りたいと言えばどこへだって連れていくつもりだ」

「それに同行するのは私たちですけどね」

「ならお前も同行中に番を見つけたらどうだ？　いないとは限らないのだから」

「期待しない程度に期待しておきます。それよりも今の状況ですよ！　あとどれくらいで満足するんですか？」

「あとほんのひと月……」

「ひと月？」

少々欲張りすぎたかと思い、エルは渋々訂正した。

「わかった。あと一週間だ。それでいいだろう」

「……まあ、いいでしょう。フェリシアン殿下にもそのように伝えておきますね。恐らくあと一週間程度で回復するはずだと」

断言してしまったら問題なので、その辺は濁すことにする。

エルは「マリエットに甘やかしてもらえるのもあと一週間か……」と嘆きだした。

あのふかふかな胸に抱き着いて撫でられる心地よさを知ってしまったら後戻りができない。

今のうちにもっと味わっておきたい。

優しい声で「どうしたの？　甘えん坊さんね」と言われると、すべてを曝《さら》け出して降参したくなる。

きっと犬が飼い主に腹を見せるのはこういう気分なのだろう。もっと撫でてほしいと要求し、飼い主からの溢れんばかりの愛情を浴びたいのだ。

――マリエットになら飼われてもいいな。

誇り高い竜族の王子の思考が明後日の方向に進みそうになったとき、忘れていたことを思い出した。

「そうだ、マティアス。マリエットの元婚約者に後ろめたいところがないか洗っておけ。あの手の外面がいい男は叩けばもっと埃《ほこり》が出るはずだぞ」

「ええ～！　急に面倒くさい仕事を押し付けないでくださいよ」

「どうせ暇だろう。あの男はマリエットと別れるという英断をしたが、僕の番と婚約していた事実は覆らない。一時でもマリエットを悲しませたことは万死に値する」

「うわあ……英断と万死ってどっちなんですか」

マティアスが悲壮な表情を浮かべた直後、扉が控えめにノックされた。マリエットが戻って来たのだ。

「すみません、マティアス様。エル様をお願いしてしまって」

「いいえ～もっとゆっくりでも大丈夫でしたよ。殿下も随分落ち着くようになりましたから。ね、殿下」

「きゅい！」

パタパタと小さな羽をバタつかせて、エルはマリエットの元へ飛んでいく。当然ながら喋れることは秘密だ。

マリエットは両腕を広げてエルを抱きしめた。

「ごめんね、エル様。寂しくなかったですか？」

「きゅ！」

寂しかったという意味を込めて、エルは彼女の柔らかな双丘に顔をこすりつけた。夢心地にさせてくれる感触だ。

その光景をマティアスがなんとも言えない顔で見つめているが、マリエットは気づかない。

「泣かずにいい子でお留守番ができたんですね。ではおやつを食べましょうか」

「きゅうう！」

コクコクと頷くと、マリエットはエルの頭を優しく撫でた。たまらなく気持ちがいい。

豊かな胸に抱きしめられて頭を撫でられるなど、これ以上の楽園が存在するだろうか。三百年生きてきて本当によかった。

――ああ、いい。やっぱりいい。僕の楽園はマリエットの胸の上だ！

一週間で元の姿に戻ると宣言してしまったが、早まったかもしれない。追加で二週間ほどもらいたい。

視線だけであれこれ言ってくる従者を無視し、エルはマリエットの香りを堪能する。

――本当に、たまらない気持ちになるな。

彼女はとてもいい匂いがする。同じ空間にいるだけでも甘い匂いが漂ってくるのに、胸に抱きしめられたら脳髄が蕩けそうになるのだ。

これが番の匂いではなくてなんだというのだろう。本能的にわかるものだと言い伝えられているが、本当にその通りだった。

――この香りをマリエットも感じ取れていたらいいのに、人間にはわからないのがもどかしい。

彼女も番の香りを感じ取ることができていたら、一瞬で心が通じたはずだろう。人間の嗅覚は竜族よりも鈍くてもどかしい。

「エル様のお口に合うかわかりませんが、焼き菓子をいただいてきました。マティアス様もよろしければ一緒にいかがですか？　お茶を淹れてきますね」

「私もよろしいのですか？　ありがとうございます」

マリエットがお茶を用意するために退室すると、室内には微妙な沈黙が流れた。

「殿下の鳴き声ってどこから響かせてるんです？」

エルは笑い上戸の従者にクッションをぶん投げたが、残念ながらあっさり避けられてしまった。

◆◆◆

エルキュールが変化してから十日が経過した。

マリエットは少し大きくなった赤子の竜をじっくり見つめる。

「私の愛情が不足しているのかしら。もう少しスキンシップを増やした方がいい？」

愛情をたっぷりかけてよしよししたら戻るという、不確定要素が満載な状況なのだが信じていていいのだろうか。

「ねえ、エル様。私になにが足りない？　あなたが元に戻るにはどうしたらいいのかしら？」

「きゅ……」

果物を頬張《ほおば》っていたエルの動きが止まった。どうもこの赤子の竜は人間の言葉を理解しているようだ。

「ごめんなさい、私が未熟なせいで……。本来ならもうとっくにヴィストランドに帰国しているはずなのに」

この状況はヴィストランドの国王にも伝わっているそうだ。

リヴェルの国王へ苦情が入ったら大変なことになると思ったが、予想していたような大ごとにはなっていない。

『よろしく頼むとのことなので、気にすることはありませんよ』と、マティアスから言われたときは拍子抜けしてしまった。随分軽くないだろうか。

——きっと私の愛情が足りないのよね。もっといろいろ構ってあげないと……！

エルはおろおろと動き出した。マリエットの弱きな発言を受けて、彼なりになにか考えているのだろうか。

赤子に気遣われていてはダメだ。マリエットは果物の汁がついたエルの口元を布巾で丁寧に拭く。

「そうだわ。スキンシップを増やしてみようと思うのだけど……もし嫌だったら、逃げてくださいね？」

アレキサンドライトの瞳に驚愕《きょうがく》の色が浮かんだ。なにを言ってるんだ！　とでも言いたげだ。

マリエットはエルを目線の高さまで抱き上げた。そしてそっと、小さな頬に口づける。

「……！」

エルが息を呑んだ気配を感じた。

つるりとしたうろこの感触が唇に伝わる。なんだか不思議な感覚だ。

――冷たくも熱くもない。滑らかでほんのり温かい。

もう反対側の頬にも口づけると、エルの体温が急速に上がった。

「あれ、熱い？　って、エル様!?」

「きゅ……う」

上せたようにぐったりしてしまった。心なしかうろこも薄っすら色づいているように見える。

「大変！　病気かしら？　風邪だったらどうしようっ」

エルは足元をふらつかせていたが、マティアスを呼びに行こうとするマリエットのスカートの裾を噛んだ。行かないでということらしい。

「え、大丈夫なのですか？　本当に？」

「きゅい！」

元気よく頷かれた。額に触れるが、竜の体温の測り方はわからない。

「でも薬とか必要では……」

もう一度椅子から立ち上がろうとするも、ふたたび服を引っ張られる。この僕を置き去りにする方が許せない！　という意志を感じた。

「大丈夫なんですね？」

ふたたびエルに尋ねると、彼は元気よく頷いた。

「私のスキンシップが嫌じゃなければよかったです。急にごめんなさい。愛情が足りていないからエル様が元に戻れないなら、もっとたくさん触れて可愛がったらいいのかなって」

エルの目が輝きだした。最高です！　と賛同しているようだ。

「では、今日から一緒に眠りましょうか」

「ッ！」

「エル様の安全を想ってバスケットの寝床で寝てもらっていたけれど、同じブランケットの中の方が距離も縮まるものね。湯浴みも一緒に入りましょう」

水浴びが好きなエルには桶《おけ》にぬるま湯を張って湯浴みをさせていたが、マリエットの入浴と一緒でも問題ないだろう。もう少し共に過ごす時間を増やした方がいい。

言葉にせずともよろこんでいる竜が可愛らしい。母性本能をくすぐられる。

マリエットはこんなにも感情豊かな生き物を知らない。

――もしもなんて考えたくないけれど、万が一エル様がずっとこのお姿のままだったら……ヴィストランドの国王陛下にお願いして、あちらの国で世話係をさせてもらおうかしら。

責任感の強いマリエットは中途半端なまま終わらせたくはない。一度生き物の世話を引き受けたからには最後まで面倒をみるべきだ。

エルキュールの番になる自信はなくても、エルの世話ならできるはず。

愛嬌があって可愛いエルなら誰からも可愛がられるだろうが、赤子の好みを一番把握できているのはマリエットだ。

「安心してください、エル様。たとえ元に戻れなくても私がお傍にいますからね」

「きゅい！」

それは当然だと言っているようだ。完全にマリエットを母親認定しているのだろう。

「ヴィストランドにも滞在できるように、マティアス様にお願いして国王陛下に許しを得てみたいと思います。だから元の姿に戻るまではずっと一緒にいますからね！　エル様の世話係として」

「……きゅ……はあ⁉」

今の驚愕は人の言葉に近かったが、その後すぐに一生懸命竜語でなにかを語られた。

当然ながらマリエットには伝わらず、傍にいるとの宣言に喜んでもらえていると勘違いしたのだった。

◆
◆
◆

ぐっすり眠るマリエットを見下ろしながら、エル……いや、エルキュールは昼間の出来事を思い返す。その姿は愛らしい竜の赤子ではなく、誰もが息を呑むほどの絶世の美男子だ。未だにマリエットはエルキュールの自我が戻っていることを知らない。彼女の母性はとても心地よくて安心できて、エルキュールをメロメロにさせる。

——マティアスに約束した期限はあと四日か。

赤子の姿でマリエットに世話をしてもらえるのも残りわずか。あの手この手を使ってもう少し猶予をもぎ取りたいところだが、そんなことをしたらマティアスにバラされてしまうかもしれない。「実はとっくに喋れて元にも戻れるけれど、マリエット様の優しさに甘えてるだけですよ！」と。

あの従者ならやりかねない。エルキュールは内心舌打ちする。

——まあ、残りの時間を存分に楽しめばいいだけか。

自我を取り戻し言葉を話せるようになってから、エルキュールはマリエットが寝静まった後にこうして元の姿に戻っていた。

最初は人の姿から赤子へ変化するのも時間がかかったが、最近ではコツを掴んだようだ。

こうして自由自在に自分の姿を変化させられるようになったのも番と出会えたからだと思っている。

――今まで竜体になることは容易にできていたが、赤子に変化できたことは一度もなかったからな。

最初は自分でも予想外の事故だったが、結果として幸運な悪戯《いたずら》とも呼べる。三百年生きてきて、マリエットと一緒に生活している今が一番満たされているのだ。

彼女を幸せにできるのは自分しかいない。むしろ自分以外の誰が彼女を幸せにできる?

――マリエットが僕のことを拒絶したのはびっくりしすぎて、咄嗟にああ言ってしまっただけだろう。人間は予想外なことが起こると頭が真っ白になるというからな。

つい現実から逃げ出してしまうのも無理はない。彼女も突然のことで、精神的な負担を感じてしまったのだろう。

――番に負担をかけさせるなど情けないな。君の憂いはこの僕がすべて祓《はら》うべきだというのに。

不安の種も心配事も必要ない。マリエットは心穏やかに笑って過ごせたらいい。

少なからず赤子の姿は彼女に安らぎを与えているようだった。よく「可愛い」と褒めてくれるし、愛らしい笑顔を向けてくれる。

「そうだ、マリエット。僕は可愛いだろう? おまけに美しくて、君をたくさん気持ちよくさせてあげられる」

眠るマリエットの唇に指をすべらせる。一体何度彼女の唇を奪っただろう。

薄く開いた唇から吐息が漏れる。彼女が吐いた息すら自分のものにしたくて、エルキュール は優しく触れるだけのキスをした。

唇から伝わる柔らかさと体温がたまらない。少し触れただけで眩暈《めまい》がしそうになる。

こうしてキスをするだけで頭が痺れそうになるほどの陶酔感に襲われる。もしもマリエットからキスをされたら一体どれほどの衝撃を味わうことだろう。

——不意打ちのキスは反則だぞ。

昼間にマリエットからされた頬のキスを思い出した。

あのキスはエルキュールの心臓に多大な負荷をかけた。まったく心の準備をしていなかったのだ。

しかも二度もしてもらえるなんて、そんな幸せなことがあるのだろうか。

情けないことに赤子の姿ではキスの刺激に耐え切れず、上せてしまったが。鼻血が出なかっただけマシだろう。

——なんという破壊力なんだ。僕の番は小悪魔すぎる。

愛情不足を気にしてスキンシップを増やすと言われたときは、申し訳なさよりも欲望が勝った。マリエット、最高か！　と声に出したくなったくらいだ。

そして宣言通り、彼女は同じ浴槽にエルを招いた。

彼女の肌をはじめて見たわけでもないのに、一糸まとわぬ姿を直視すると言葉にならない衝撃に襲われる。

ほのかに色づいた柔らかな肌と、濡れた栗色の髪。

マリエットの視線も声も、浴室という場所だけで特別に感じられて、天にも昇る気持ちというものを味わわされるのだ。

タオルで優しく身体を洗われることも悶《もだ》えそうなほど気持ちがいい。たまらず声を発しそうになったが、寸前で我慢した。

竜の鳴き声しか出せないと思っているのに、もしもエルが喋りだしたらマリエットを混乱させてしまう。無償の愛も途絶えてしまうかもしれない。

エルキュールは完全にマリエットに振り回されている自覚があった。それが心地いいとも思っている。

「……だがさすがに世話係はないだろう。君は僕の番だという自覚が薄すぎるぞ」

このままエルが戻らなかったら、ヴィストランドに同行してエルの世話をするというのを喜ぶべきか嘆くべきか。

いや、ここは喜ぶべきだ。なにせマリエットの口からはっきりとヴィストランドに行く意思を感じられたのだから。攫う手間が省けたし、もしも泣きながら罵倒されたら心が折れたかもしれない。

――まあ、泣かれる前に説得すればいいだけ。連れて行ってしまえばどうとでもなる。

悪役のような台詞だが本心だ。エルキュールが帰国するとき、マリエットを連れていかないという選択肢はない。

このままリヴェルに残るか、ふたりでヴィストランドに行くかだ。

彼女に故郷を見てもらえる日が来るのは楽しみだ。珍しい食べ物も多く、きっとマリエットの口にも合う。

そのためにもまずは、一日も早く彼女の身体をヴィストランドに馴染めるようにしなければいけない。

「マリエット……」

名前を呼びながらふたたび口づける。

彼女から漂う甘い香りが鼻腔《びこう》を擽《くすぐ》り、エルキュールの思考が薄れていく。小さな唇を舌先で舐めると、くすぐったいのか薄っすらと口を開いた。

その隙間にすかさず己の舌を挿入した。上あごも控えめに縮こまる舌も丹念に舐める。

――甘くて蕩けそうだ。

番の唾液は蜜よりも甘い。ずっと味わいたくて貪りそうになる。

「ん……」

マリエットの口の端から飲み込みきれない唾液が零れた。エルキュールはそっと指で唾液をぬぐい、その指を口に含む。

「もっとだ。もっと僕の味を覚えて」

寝ている彼女に覆いかぶさりながら、エルキュールは呪文のように唱える。柔らかな唇は何度味わっても飽きない。唇が腫れるまで吸い付きたいが、それではマリエットが辛いだろう。

――竜族の体液を少しずつ摂取させて、身体をならしておかないと。

はじめてマリエットと繋がったとき、エルキュールは躊躇うことなく彼女の胎内に精を放った。いくら番といえど、ただの人間のまま竜族の子を孕《はら》むことはない。

天空にあるヴィストランドに滞在するには準備が必要だ。ある程度竜族の体液を摂取しておくことが一番手っ取り早くて身体への負担も少ない。

そしてエルキュールはもうひとつ、マリエットに番の自覚を芽生えさせたいと思っている。

三日目の晩から、エルキュールは寝ている彼女にキスと愛撫を施していた。体液を摂取させて、あの日の夜を忘れさせないために。

――僕を番として意識して、何度も絶頂を味わったらいい。

「ン……、ハァ……ッ」

身体をくねらせて眉根を寄せるマリエットがたまらなく色っぽい。口から漏れ出る声は情事の喘ぎに似ている。

「大丈夫だ、マリエット。なにも恥ずかしくはない。淫らな君をもっと見せて？」

そっと耳元で囁く。きっと彼女は夢の中で羞恥を堪えているのだろう。

エルキュールはネグリジェの釦を外していく。布越しでも彼女の胸の頂が敏感に反応していた。

ツン、と存在を主張する可愛らしい蕾にそっと触れる。毎日湯浴みを一緒にしているため何度も彼女の裸体を直視しているが、やはり見ているだけより素肌に触れたい。

——マリエットの胸は見ても触れても素晴らしい。美しくて柔らかくて芸術品のようだ。

赤く尖《とが》った蕾にそっと触れる。

痛くないように優しく指先で弄り、その敏感な実を口に咥《くわ》えた。

「は……ぁ」

マリエットの肌から匂い立つ香りがより一層濃くなった。そっとネグリジェの隙間に手を差し込み、なだらかな腹部に触れる。

手のひらから子宮の収縮が伝わってくる。貪欲にエルキュールの精を求める身体が愛おしい。

「ああ、マリエット……僕も早く君がほしい」

ゆっくりと下腹をさすった。何度でも自分の存在をマリエットの身体に刻みたくてたまらない。寝ている彼女にどこまで触れても許されるだろうか。

芳しい香りを放つ花園に直接触れたいが、強すぎる快感が彼女の睡眠を妨げてしまうかもしれない。

「はあ、まるで生殺しだ」

三百年生きてきてはじめて知った。まだまだ自分が体験したことのない感情があるということを。そっと華奢《きゃしゃ》な首筋を撫でる。たくさん痕をつけたいが、そんなことをしたら不審に思われるだろう。

「快楽に落としてしまえばすぐにでも僕のものになるのにな……心を繋げるというのは難しい」

人間は時間をかけて信頼を作るそうだ。本能的な匂いや、個体の強さで服従する生き物ではない。

だが言い換えれば、きちんと時間をかけて信頼さえ得られれば傍から離れない。竜族は時間だけならある。人の十倍は生きられる生き物だから。

――ああ、もしかしたら寿命のことを気にしているのだろうか。

人と流れる時間が異なるため傍にいられないと思っているのなら問題はない。

番の契約を交わしたらマリエットの時間も緩やかになる。それこそエルキュールと同じ時間を歩めるだろう。

彼女がエルキュールの子を宿すのはその後になる。それに毎日彼の体液を摂取していれば、マリエットの身体は若くて健康なままだ。

肌艶がよくて髪の毛先まで艶《つや》やかなのは、マリエットが寝ている間にエルキュールの体液を摂取しているから。

たった数日キスをしていただけなのに、その効力は目に見えて現れている。

――番の契約を交わしてから早くて半年……いや、三カ月後にはマリエットの身体は竜族に近づくだろうな。

「君を世界一幸せな花嫁にしよう」

誰もが羨む美しい花嫁に。

その光景を待ち遠しく思いながら、エルキュールはふたたびマリエットの唇を塞いだ。

第四章

「な～んか怪しいのよね、最近のお兄様。わたくしに隠し事をしている気がするのよ」

第一王女ミレーヌは持ち前の野性的な勘を発動させていた。

忙しいのはいつものことだが、舞踏会が終わってからどことなく集中力に欠けているようなのだ。一見普段と変わらないように見えるが、じっと見つめていると視線を逸らすのがいつもよりもほんの少し早い。

「ミレーヌ様の気のせいではないですか？　忙しくてお疲れなんですよ」

王女の幼馴染《おさななじみ》の宰相子息、ジョルジュは分厚い本から視線もあげずに返事をした。

「絶対気のせいじゃないわ。きっと後ろめたいことがあるのよ。わたくしに知られたくないことが」

「それは当然、王太子殿下とミレーヌ様とでは立場が違いますからね。お気楽な王女様と次期国王とでは責任も雲泥の差ですし、隠し事もたくさんあるでしょう」

「違うわ、もっと身近な話よ。それにマリエットはいつ戻ってくるのかと訊いても適当にはぐらかされるし……ああ！」

ミレーヌは音を立てて椅子から立ち上がった。

今は王女付の講師から渡された課題をしている最中なのだが、教本は一頁《ページ》も進んでいない。

「わかったわ、ジョルジュ！　お兄様はマリエットを妃に迎えるつもりなのよ！」

「はい？」

婚約者に浮気をされて傷心中だったマリエットに王太子が手を差し伸べたのだろう。きっと彼はマリエットのことを密《ひそ》かに想っていたに違いない。

「婚約者がいる妹の侍女に想いを告げることはできなくて、本心を隠していたんだわ。でも傷ついているマリエットを見たら我慢できなくなって……気持ちを打ち明けたのよ！」

「いえ、それはミレーヌ様の勝手な思い込みだと思いますけど……」

ジョルジュは冷静に告げるが、妄想を滾《たぎ》らせている王女には伝わらない。

「急にお兄様から愛の告白をされてびっくりしたマリエットは、もちろん当然断ったわ。わたくしの侍女は弁《わきま》えているもの。子爵令嬢のマリエットと王太子ではちょっと身分差がありすぎて難しいわよね」

ジョルジュは相槌《あいづち》を打ちながら読んでいた本に視線を戻す。

「でも諦めきれないお兄様はマリエットを拉致……いいえ、自室に監禁しているのよ」

「はい？」

聞き流せない言葉を聞いてしまった。ジョルジュは諦めて本を閉じた。自分の兄を犯罪者扱いしていることは大丈夫なのだろうか。

ミレーヌの興奮は加速していく。

「それに、恋をすると肌艶が良くなるって侍女たちが話していたもの。この間見かけたとき、マリエットの肌はぴかぴかだったわ！」

「え……」

一体侍女たちの会話をどこまで盗み聞きしたのだ。

「絶対そうに違いないわ。きっとキ、キスとか、しちゃったりしたんだわ！」

「あ、その程度で安心しました。若い男女が密室にいてそれだけで済むはずが……というか、行動が制限されていないのでしたら監禁とは言わないのでは」

「え？　じゃあなんて言うのよ。軟禁？」

「……」

ジョルジュは淡々と監禁と軟禁の違いを説明する。ここで答えなかったら他の人間に問いかけて被害が拡大してしまうのだ。

「というかミレーヌ様は、殿下のお相手がマリエットさんでいいと思っているのですか？」

「もしもお兄様が選んだ女性がマリエットだったら見る目あるって褒めるところよ。それに年齢も五歳くらいしか違わないいんじゃないかしら。とりあえず行くわよ、ジョルジュ！」

「どこにですか？」

「決まってるじゃない。お兄様を尾行しに行くのよ！」

「ええ……やめた方がいいと思いますよ。というか大人しく課題を終わらせた方が」

ジョルジュがなんとか思いとどまらせようとするも、ミレーヌは聞く耳を持たない。

可憐な見た目に反して行動力がありすぎる王女について行く以外の選択肢はなかった。

◆◆◆

勝手に王太子との恋を妄想されているマリエットは、今日もエルの世話係をしていた。子守り生活も十三日目に突入し、竜の世話にも随分慣れた。

――もう半月近くも姫様の傍を離れているけれど大丈夫かしら。

楽しそうなことがあるとつい脱線する癖がある。そんな王女の侍女は誰でも務まるわけではなく相性が大事だ。今までクビになった侍女は片手では数えきれないだろう。

そろそろ職場にも復帰したいところだが、今の優先事項はエルを元に戻すこと。

――うう～ん……一体なにが足りないのかしら。たっぷり可愛がっていると思うのだけど、それだけでは足りないってことよね……。

愛情を与えるというのは生半可なことではないらしい。朝から晩まで世話をして、安全に気を配る生活を送っている。

最初は慣れない育児にへとへとになっていたが、近ごろではすっかり手がかからなくなってきた。名前を呼べばすぐに飛んでくるし、ひとりでおやつも食べるようになっていた。すべてマリエットが食べさせていた頃と比べると成長しているのだろう。

――成長に合わせた愛情が必要とか？

変化の直後、エルは手のひらに乗るような子猫程だったが、今は小型犬の子犬にまで成長した。両手で抱き上げて腕の中にすっぽり収まる大きさだ。

本体であるエルキュールが成長しているわけではないと思うが、赤子が大きくなるのはうれしい。だがもしかしたら、このまま時間をかけて赤子から幼竜、そして成竜へと成長するのを見守らないといけないかもしれない。

――もしそうだとしたら本当に年単位になるわ……！

早く成長してほしい。いや、元のエルキュールに戻ってほしい。

だがつぶらな瞳で見つめられると、もう少し赤子の竜との時間も堪能したくなる。

白銀に輝くうろこを撫でながら、マリエットは溜息を零した。

国から滅多に出ない竜族も、これ以上他国に滞在するのは厳しくなるだろう。

「エル様も早くご家族に会いたいですよね。故郷が寂しくてたまらないですか？」

「きゅ……？」

彼は器用に小首をかしげた。いや、別に……と言われている気がしなくもない。

「私に気を遣っているんですね。すみません」

「きゅ……っ⁉」

マリエットの眉尻が下がる。愛情が足りていない自分が不甲斐《ふがい》ない。

しょんぼりしている彼女を励ますように、エルはお茶請けのクッキーを差し出した。マリエットが一番好きなアプリコットのジャムがのっているものだ。

「まあ、私にくれるのですか？　ありがとうございます、エル様。ふふ、そうですね。一緒にお菓子を食べたら元気になりますね」

「きゅ～う！」

そうだそうだ、菓子を食え！　と言っているのだろう。

エルの口にも木の実が混ぜられたクッキーをあげる。彼は木の実の食感が好きなのだ。サクサクと齧《かじ》る姿も愛らしい。

「そうだわ、エル様。あとで裏庭を散策しましょうか。東屋《あずまや》があるので、そこでお茶をしましょう。お昼寝をしてもいいですね」

ずっと部屋にこもりきりは身体にもよくないだろう。

——離宮の裏なら安全よね。もう少し先には湖があるけれど、そこまで散歩してもいいかしら。

人気のない場所ならエルを遊ばせても大丈夫だろう。エルは言葉を理解する賢い竜なので、人の気配を感じたらすぐに逃げるはずだ。

「平和な光景にお邪魔してすみません」

「マティアス様」

「おや、殿下。今日もおめかししてますね。リボンなんて巻いてもらっちゃって、似合ってますよ」

どことなくエルは誇らしげに胸を張った。

数日前からエルの首にリボンを巻くようになっていた。まるで飼い猫のようでもあるが、誰かに連れ去られないための対策でもある。それをいたく気に入ったらしい。

「エル様に選んでもらうようにしているのですが、いつも緑色なのですよ。他にもたくさん色があるのに」

白銀のうろこなら何色でも映える。おすすめは赤なのだが、彼は毎日緑を選ぶ。自然を愛しているのだろうか。

「ははーん、なるほどですね」

「なにか気づいたのですか？」

ニヤリと笑うマティアスは、指先で目のあたりを示した。

「これですよ、瞳の色。緑はマリエット様の色でしょう？　確かリヴェルでは恋人や婚約者は相手の色をつけるんでしたっけ。髪や目の色を宝飾品や衣服に取り入れるとか」

「あ……はい、そうですね」

ナルシスと婚約していたときは、マリエットも彼の目の色である青いジュエリーをよく身に着けていた。社交の場に出るときは必ずと言っていいほど青をまとっていたが、反対にナルシスはまったく緑をつけていなかったと記憶している。

「竜族の皆様にはそのような文化はないのでしょうか」

「ん～特にはないですね。私たちは相手に匂いをつけるので、色を取り入れる意味はあまりないかと」

「匂い……」

――やっぱり嗅覚が鋭いようね。

自分もエルと共に過ごしているうちに彼の匂いがしみついているのだろうか。クンクン、と衣服の匂いを嗅いでみるがよくわからない。

「マリエット様からは殿下の匂いがぷんぷんしますよ。それはもう、独占欲丸出しって感じの匂いが」

「きゅい！」

当然だろう！　とでも言うように、クッキーを食べきったエルがマリエットの肩に乗った。最近では膝よりも肩がお気に入りのようだ。

可愛くて和むが、少々肩が凝る。すぐに落っこちそうになるのも心配だ。

「そうなのですね。いつもくっついてるからでしょうか。でも私がエル様の世話係だと気づいてもらえて便利ですね」

もしもヴィストランドで迷子になっても、きっとすぐにエルキュールの元へ届けてもらえるだろう。

「あ～うん、そうですね。そういう捉え方もできますね……」

マティアスの目に憐れみの色が浮かぶ。ちらりとエルの表情を窺っていた。

「まあ、そんなことはさておき。これから王太子殿下がお見えになるそうですよ」

「え？　殿下がおひとりでですか？」

「ええ、そうですね。お忙しいところわざわざいらっしゃるとは、よほど状況が気になるようで」

「もう二週間近くもこのままですものね……報告書は受けていても、ご自身の目で確かめられたいんでしょうね」

王太子のフェリシアンは責任感が強い。そしてヴィストランドの竜族に興味津々だ。

赤子に変化した竜を見た時も好奇心が刺激されているようだった。頻繁に離宮に出入りをしていたら人目につくと考えたのだろう。初日以来彼がエルに会いにきたことはない。

「では殿下とは裏庭の東屋でお会いしましょうか。先ほどエル様とも話していたんです。今日は天気がいいので外でお茶をしましょうと」

　東屋は裏庭の奥に位置するため、誰かと遭遇することもない。元々離宮の周辺は人気がない静かな場所だ。

「それはいいですね。では私も準備を手伝いましょう」

「ありがとうございます、マティアス様」

　程なくしてフェリシアンが離宮を訪れた。予定通りマティアスが裏庭の東屋に案内する。

「やあ、マリエット。久しいね」

「ごきげんよう、フェリシアン殿下」

　フェリシアンの視線がマリエットの肩に注がれる。少しふっくらと成長したエルをじっくり眺めていた。

「エルキュール殿下もお変わりはないようだが……少し大きくなったような」

「わかりますか？　ちょっと成長したようです。でも元に戻る兆しはまったくなくて……」

　マリエットは肩からエルを下ろした。なかなかずっしりしている。

「エル様、フェリシアン殿下の肩にも乗ってみますか？」

「え、いいのかい？」

　フェリシアンの目が輝いた。やはり彼は竜に興味津々のようだ。

　エルはパタパタと羽を動かしてフェリシアンの肩によじ登る。マリエットの肩幅よりも安定感があり座り心地がよさそうだ。

「私の肩に竜が……なんて貴重な経験をしているんだろう」

「殿下、感動のあまり震えてしまうとエル様が落っこちますよ」

「そうか、そうだな。気を引き締めよう。私が触れても大丈夫だろうか」

きちんと本人に確認をとっている。彼は誰に対しても紳士的だ。

「きゅ」

「今のはなんて言ったんだ？」

「多分ですが、大丈夫ということだと思います。嫌でしたらお傍には近づかないと思いますので」

喜びを隠しきれない表情でフェリシアンがエルを撫でている。

マリエットは淹れたてのお茶に口をつけながら、その光景を微笑ましく眺めていた。

――エル様の愛らしさに殿下も虜になりそうだわ。

うちの子が一番可愛い！　と、愛玩動物《ペット》を自慢したくなる飼い主の気持ちを理解した。確かに自慢ができるものなら自慢したい。

「うろこの感触が不思議だ。冷たいのかと思えばじんわりと温かくて触り心地がいい。私は猫派だったんだが、今後は爬虫類にも目覚めそうだ」

竜を爬虫類の仲間に数えるのは少々違うと思うが、エルの機嫌は損ねていないので大丈夫そうだ。

「それで、本日はどのようなご用件ですか？　我々の状況の確認と窺ってますが」

「ああ、そうだな。明日で二週間が経過する。そろそろエルキュール殿下も元に戻る頃だろうと思い、今後について話し合っておこうかと」

「そうでしたか。わざわざご足労いただきありがとうございます」

もう満足しただろうとでも言いたげな仕草で、エルはフェリシアンの手からするりと抜けた。マリエットの傍に戻り、テーブルの上で木の実入りのクッキーを頬張っている。

フェリシアンは名残惜しそうにエルを見つめている。竜が好きというだけではなく生き物が好きなのかもしれない。

「今さらなんだが、この姿のときはエルキュール殿下の意識はあるのだろうか。赤子に退行している状況なら意識もないと考えられるが」

「マティアス様によりますと、今は分けて考えた方がよろしいそうですわ。ただ元に戻ったときに記憶がどうなるかはわかりませんが」

「なるほど。完全に忘れているか、もしくはぼんやりとでも覚えているか。そのまま記憶が残っていたら、私だったらしばらく引きこもりたくなるかもしれない」

フェリシアンが苦笑すると同時にクッキーの咀嚼音《そしゃくおん》が止まった。

エルは一瞬なにかを考えたようだが、そのままぺろりと最後までクッキーを食べきっている。

「今は完全に甘えん坊な赤ちゃんですからね……離乳食は不要ですが」

食べ物の制限は考えなくていいと言われていたため好きなものをあげているが、もしかしたらエルは成長したのではなくて太っただけなのではないか。

――おやつを与えすぎているのかもしれないわ。

飼い主として甘やかすだけではいけない。マリエットはエルの前にミルクが入ったカップを渡した。

「今の姿を見ていると本当に戻るのか心配だが、なにか予兆はないか」

「残念ながら……愛情深く面倒をみたら元に戻るとしか言われていなくて、いろいろと工夫はしているのですけど」

「たとえば？」

「おやつはひとりで食べられますがスプーンを使うものは私が食べさせたり、おもちゃで遊んで絵本を読み聞かせて……」

「人の子と同じだな」

絵本の読み聞かせはいつも大人しく聞いていた。

少しでも会話ができたらいいと思っているのだが、エルは鳴き声しか出さない。だが言葉は通じているらしく、絵本の内容も興味深そうにしていた。

「あとは一緒に湯浴みをして添い寝もしているのですが、まだ私の愛情が足りないようです」

「なに？　一緒に湯浴みと添い寝までしているのか」

フェリシアンの視線がエルに注がれる。子竜はあざとく小首を傾《かし》げた。

「ますます記憶は残っていない方がいいな」

それはマリエットも薄っすら考えていたことである。

——一応赤ちゃんだと思って接しているから、中身はエルキュール殿下だったら私の方が恥ずかしい……。

「ですがそろそろ皆さんも帰国されると思うのです。いつまでも国を空けているわけにはいきませんから」

「そうだな。それで、君はどうしたいんだ？」

最後まで責任を持って面倒を見たい。その気持ちに嘘はない。

けれどまだ少しだけ迷いは残っていた。本当に国を離れるなら家族とも話し合いをしなくてはいけない。

「できれば責任を持って、エル様が元に戻るまでお傍にいたいと考えております」

「つまりヴィストランドにまで同行するということか？」

「可能であれば」

ヴィストランドに行く許可を得られるかはわからない。両国の国王の許しが必要だ。

「マリエット、わかっていると思うがヴィストランドに行って帰って来た者はいないぞ」

「……はい、幻の国ですものね」

地図上に存在しないおとぎ話のような竜の王国。簡単に帰ってこられる場所ではない。

「君が責任感だけでヴィストランドについて行くというのなら、許可はできないな」

「……っ！」

心の奥に潜む迷いを見透かしたかのように告げられて、マリエットは息を呑んだ。

「赤子の竜に変化したきっかけは君だったとしても、君の人生を捧げる必要はない。私もリヴエルの王太子として、我が国の民である君を守る義務がある」

「殿下……」

マリエットがいなければエルが衰弱してしまうのであれば別だが、見たところエルの精神は安定している。姿が見えなくなった途端に泣き出すこともなくなった。

──私がいなくてもエル様は生きられる。

祖国でじっくりと時間をかければ、いつかは元の姿に戻れるだろう。

「レオミュール子爵の跡継ぎなら君の従弟を養子に向かえたらいい。男子に恵まれなかった貴族ならよくあることだ」

フェリシアンは国内の貴族の系譜を把握しているようだ。マリエットに従弟がいることを指摘されて内心慄く。

──一度もそんな話をしたことはなかったのに、調べられていたんだわ。

マリエットがのんきに子守りをしている間、彼は調べつくしていたのだろう。万が一マリエットがヴィストランドに行くことになれば、事前準備は念入りにしなくてはいけない。

「私の個人的な意見を述べるとしたら、君を外国《よそ》には行かせたくない」

「それは姫様の侍女だからですか?」

まだまだ働いてもらいたいということだろう。癇癪《かんしゃく》持ちの王女と相性のいい侍女を探すのは骨が折れる。

「それもあるがそれだけではない。……私が君を傍に置いておきたい」

——え?

予想外のことを告げられて、マリエットは思わず目を瞬いた。

顔立ちは王女とよく似ているが、フェリシアンの方が目元の印象が柔らかい。

整った顔立ちの王太子に気があるようなことを言われると、色恋に慣れていないマリエットは落ち着かなくなった。途端に緊張が高まっていく。

「君が婚約していたから黙っていただけだったと言ったらどうする?」

「殿下……?」

冗談だと聞き流せる空気ではない。

まだフェリシアンには婚約者がいない。大勢の候補者から選ぶそぶりもないことを王女から聞いている。

もしかしたらその原因が自分にあるかもしれない。そんなおこがましいことを考えたこともなかったのに、急にその可能性が浮上してきた。

「あ、あの……」

妙な空気が流れて鼓動が速まる。

もしもエルキュールと出会わなかったら、彼の発言を喜べただろうか？

「あ、髪に葉っぱが」

フェリシアンはマリエットの髪に手を伸ばし……その指にエルが容赦なく噛みついた。

「っ！」

「きゃあ！　大丈夫ですか、殿下⁉　エル様、噛んじゃダメですよ！」

「ぎゅるる……」

エルは喉から唸り声を出している。非常に機嫌が悪い証拠だ。

フェリシアンの指から血が垂れていた。がぶりと噛んだらしい。

「すぐに止血を……！」

「いや、いい。大丈夫だ。私が悪かった」

マリエットはポケットからハンカチを取り出した。フェリシアンの指に巻き付けようとするが断られてしまう。

「私は大丈夫だから気にしないでくれ。さっきも変なことを言ってすまなかった。忘れてほしい」

「いえ、そんな……」

——そんなことはないなんて言ったらダメな気がする。

どうしよう。自分の気持ちをどこに向けたらいいのかわからなくなってしまった。

フェリシアンの側近が現れると、彼らは慌ただしく東屋を去って行く。

マリエットは気まずい空気のままフェリシアンの背中を見送った。髪に触れると、小さな葉っぱが落ちてきた。彼はこれを取ろうとしてくれたらしい。

エルはバツの悪そうな表情をして黙り込んでいる。

「エル様、どうして殿下の指を噛んだのですか？」

「……」

プイッと首を背けられた。

自分は悪くないと言われている気がして、マリエットは説明を試みる。きちんと反省してもらわないといけないことだ。

「竜族の皆さんの身体は丈夫かもしれませんが、人間はすぐに怪我をします。病気もします。噛まれただけで血を流してしまうんですよ」

「……」

「どんなことがあっても先に手を出してはいけないのです。それに、もしも飼い犬が誰かを傷つけたら、その犬がどんなに賢くていい子でも人間と一緒に暮らせなくなるかもしれないのですよ」

犬に例えるのは失礼かもしれないが、傍から見ればエルはマリエットに飼われている状態だ。リヴェルでは犬が人を傷つけたら殺傷処分になる。

「きゅ……」

悲しそうな声を出されると胸が痛むが、人を傷つけてはいけないことを学ばなくてはいけない。噛《か》み癖《ぐせ》をつけてしまったらエルを外には出せなくなる。

――あ、殿下の血がリボンについちゃってるわ。

エルの首に巻いていた緑色のリボンにフェリシアンの血がついたようだ。早く洗わなくてはシミになってしまうだろう。

「このリボンは私が洗っておきますね」

マリエットは血で汚れていることを伝え忘れたままリボンを解いた。その途端、エルの目が大きく見開かれた。

「～～ッ！」

声にならない悲鳴を上げて、エルは東屋から飛びだした。

「え⁉　エル様！」

小さな羽がものすごい速さで動いている。

今まではパタパタとのんびり動いていただけだったのに、いつの間にか素早く飛べるようになったらしい。

「ま、待って！　ダメです！　エル様、戻って来て……！」

マリエットは必死に小さな身体を追いかけるが、あっという間に姿を見失ってしまうのだった。

◆◆◆

胸の奥がズキズキする。

エルは衝動のまま、行くあてもなく東屋から飛び去った。

思い返せば誰かに叱られるなど二百年以上も経験していない。

声を荒げることなく淡々と説明をされただけなのに、マリエットの怒りが伝わってきたようだった。

彼女は慈悲深くて優しいが、ただ誰かを甘やかす性格ではない。そんな生優しい性格なら王女の侍女など務まらないだろう。

静かに怒るなんて知らなかった。まだ自分の知らない一面を見られてよかったではないかと思い込もうとするが、腹の奥から苦い物がこみ上げてくる。

──なんで僕は逃げているんだ。

あのままマリエットと合わせる顔がないなんて思う必要はない。何故ならエルは間違ったことをしていないから。

噛みついたのだって当然の報いだ。先にエルの番《つがい》に手を出そうとしたのはフェリシアンの方だから。

エルの前で堂々とマリエットを口説いていた。

もしもエルキュールがマリエットを番だと宣言していなかったら、フェリシアンはとっくにマリエットを物にしようとしていたことだろう。

それに彼だって自分が悪かったと認めていたではないか。

エルが噛みついたことで多少なりとも牽制《けんせい》になったはずだ。竜族の番に横恋慕をしようなどと思うまい。

手が早い男など信用ならないぞ！　と、エルは自分のことを棚に上げて怒りを膨らませた。

絶対に間違ったことをしていない。

──なのに……何故僕が叱られるんだ。

ただ指から血を流した程度で死ぬわけでもない。

もしも本気でマリエットを奪おうとしてきたら、たとえ相手が王族であろうとも竜族は容赦しない。臓物を引きずり出すくらいの報復はするし、それを悪いことだとも思っていない。

マリエットを守るために牽制しただけなのに、彼女はフェリシアンを優先しエルを叱った。そしてあろうことかエルの首からリボンまで取り上げたのだ。

——僕のことを捨てるのか⁉

なんて酷《ひど》いことをするのだろう。あんなに可愛がっていたのに、所有の証を奪うなど。

辛くて悲しくて腹が立つ。

ぐちゃぐちゃな感情が渦巻き、強い衝動に駆られて逃げ出してしまった。今まで一度たりともマリエットの傍にいたくないと思ったことはなかったのに。

——この感情はなんだ？

泣きたくて叫びたいような感情に名前がつけられない。

マリエットの目に映った自分がちっぽけな存在に思えた。天空の覇者であり竜族の王族は誰もが傅《かしず》く誇り高い存在なのに、彼女には関係ない。

今まで名前がつけられないような感情を抱いたことなどなかった。彼を取り巻く環境は単純で、機嫌を損ねることなど起こり得ない。

竜族の序列は絶対で、エルが敬うのは両親と兄だけ。だが多くを持つ者は下の者を軽んじてもいけないことはわかっている。それでも彼が是《ぜ》といえば世界はその通りになり、拒絶をされたことも否定を受けたこともない。

——そうだ。僕のことを拒絶したのはマリエットだけだった。

彼は竜族の王子としてすべてを持っていたのに、はじめて簡単には手に入らない存在を知った。

ショックのあまり自分の身体が赤子に退行までしたが、それを好機だと考えた。番の優しさと愛情に触れて、たっぷり甘やかされる喜びを知ったから。

けれどもう、マリエットに飽きられてしまったのだろう。

一緒に過ごすうちに彼女の笑顔に見慣れてしまったようだ。最初から番の心がほしいなどと望むべきではなかった。

——そうだ、心なんて必要ないじゃないか。

竜族らしく番を攫えばいいだけだ。泣き叫んで拒絶しても、ヴィストランドに連れて行ってしまえば離れられない。

家族と離れ離れになるからなんだという？　番《エル》以上に大切な存在などこの世にいないだろう。

泣いて嫌がっても構わない。ずっと傍にさえいれば、時間が彼女の心を解かすはずだ。

今夜にでもエルキュールに戻り、ヴィストランドに連れて行ってしまおう。寝ている彼女を連れだしてしまえばいい。

もう二度と心の底から笑いかけてくれなくなるかもしれなくても。

「……クッ、僕だけを見ていたらいいだろう！」

森の中を飛んでいたエルは木々を通り抜けた。

王宮の庭に飛び出し、そして勢いよくなにかにぶつかって地面に落ちた。

「グフッ！」

「きゃあ！」

頭から突っ込んだようだ。目が回ってぐわんぐわんする。

「ちょっと一体なにごと……！」

「ミレーヌ様の日傘にぶつかるなんて災難な鳥ですね……って、鳥？」

脳震盪《のうしんとう》を起こしたかのように眩暈がする。

誰かに見られたらすぐに逃げなくてはいけないのに、身体が言うことをきかない。

「ねえ、これってさっきお兄様が抱き上げてたぬいぐるみじゃないかしら。遠目から見ただけだから確証はないけれど」

薄っすら目を開けると、先ほどマリエットを口説こうとしていた王太子によく似た顔立ちの少女がいた。無遠慮に身体を抱き上げられる。

——……放せ、無礼者！

寸前で声を出すのを堪えたが、両手足を激しくバタつかせた。

「きゃあ！　動いたわ！」

「ミレーヌ様、そのましっかり抱いててください。多分これ、鳥じゃないです」

どこに羽根があるというのだ。全身を覆っているのはうろこだけだというのに。

「じゃあトカゲね！」

「違います。これはきっと竜ですよ！」

「は？　竜？　この丸っこいのが？」

へえ～？　と呟きながら、少女がまじまじとエルを見つめてきた。

ミレーヌという名前と、先ほど言っていたお兄様という単語から、相手が王女だということには気づいた。確か社交界デビューを果たしていないため面識はない。

「急ぎフェリシアン殿下に連絡を……」

「待ちなさい、ジョルジュ。これはわたくしたちが保護するわ」

王女はエルの身体を両手で固定した。華奢な見た目からは想像できないほどの握力だ。

「まさか僕もですか？」

「そうよ！　ちょうど自由研究の課題を出されていたじゃない。これを観察対象にしたらいいんじゃないかしら。わたくしたちが責任を持って保護してあげるのよ」

「止めた方がいいですよ。絶対面倒ごとになりますよ」

王女はジョルジュの助言を聞き流す。見たことのない生き物に興味津々だ。

「さあ、帰るわよ！　お兄様とマリエットの密談を盗み見できたことだし、近々婚約発表かしら？」

――はあ？　なにを言ってるんだ。そんなことさせるわけがないだろう！

「ミレーヌ様、その子すごい暴れてますよ。早く飼い主の元へ返した方がいいですよ」

「飼い主って誰よ？」

「先ほど殿下と一緒にいたマリエットさんではないですか？」

エルは力強く頷いた。その通りだ！　と念を込めながら。

「なんでわたくしの侍女が竜なんて飼うのよ？　マリエットにペットはいないわよ」

——ペットではない、番だ！

ふがふがと鼻息荒く否定するが、声が出せないのでもどかしくなる。

「とりあえず怪我がないか診てもらいましょう。ジョルジュ、お兄様への連絡よろしくね」

エルはズボッと、王女のドレスの胸元に押し込められた。胸の膨らみが慎《つつ》ましいため腹部にまで落ちてしまう。

「ドレスの中に竜を隠す王女なんて聞いたこともありませんよ……」

「だって暴れるんだもの。それに目立たない方がいいでしょう？」

ゆさゆさと揺さぶられながらエルは抵抗を諦めた。どちらにせよ、今はマリエットと距離を置いた方がいい。

——妙なことになったが、夜になったらマリエットを攫いに行けばいいだけだな。

きっとこの姿で彼女と会うことは二度とないだろう。

◆　◆　◆

エルが東屋を飛び去った後、マリエットは必死になってエルの姿を捜していた。その手には血が付いたリボンを握りしめている。

「どうしましょう、マティアス様……こんなことならリボンなんて解かなければよかった！」

もしかしたらどこかでリボンを落として、手掛かりが見つかりやすくなっていたかもしれない。だがなにも見に着けていないとなると捜すのも一苦労だ。

「エル様、帰ってきてください！」

マリエットが必死になって名前を呼ぶ。

後ろからのんびり彼女を追うマティアスは、さほど慌てた様子はない。

「大丈夫ですよ、マリエット様。殿下は自分から飛び去ったのでしょう？　大方マリエット様と合わせる顔がないと思って、いじけているだけですって。お腹が減ったら帰ってきますよ」

「でも、エル様は赤ちゃんなんですよ？　カラスや猫に襲われたらどうしよう……！」

「いや～カラスや猫に襲われる竜なんて逆に見物」

マティアスはまったくもって危機感がないようだ。それどころか想像だけで笑っている。

「笑いごとじゃないですから」

「そうは言いましても、そんなに深刻に考えなくてもよろしいかと。見た目は可愛い子ぶってますけど、一応中身は三百を超えてますからね。人間で言えば高齢者ですよ」

「三百を超えたいい大人が叱られて拗《す》ねる真似をしますか？」

「それを言われてしまうと痛いですが」

エルの精神はまだ赤子。いや、多少成長した様子だが、精々幼児だろう。
二、三歳程度の幼児なら拗ねてどこかへ隠れてしまうことは十分あり得る。
「私の言い方が悪かったんです。きっと怖がられてしまったんだわ」

「それは違うと思いますよ。多分殿下は叱られたことよりも、そのリボンを取られたことの方にショックを受けたのかと」

エルの首に巻き付けていたリボンだ。フェリシアンの血で汚れている。

「でもこれは血がついてしまったからで……」

「その理由を殿下に伝えましたか？」

マティアスに指摘されてハッとした。もしかしたらエルはリボンが汚れたことを知らないのではないか。

「私、伝えていなかったかも……リボンを洗うつもりで解いただけなのに」

「ええ、そっちの方が強いと思いますね。きっとマリエット様に「もういらない」と言われたように捉えたんだと思いますよ。まあ、本人はどこまで気づいているかわかりませんが」

エル自身も気づいていない感情があるのかもしれない。マリエットの顔がサッと青ざめる。

「そんなつもりじゃ……」

「ええ、わかってます。マリエット様に他意はなかったって。でも状況が状況ですからね。番からの拒絶を二度も受けたらどのような行動をするのか、私もよくわかりません」

先ほどは腹が減ったら帰ってくると言っていたのに、今は深刻な話になっている。

マリエットの胸の奥がズキンと痛んだ。

もっと気を配ることができていたら……自分が未熟すぎて嫌になる。

「まあ、気にしなくていいと言ってもマリエット様は気にされるんでしょうが、本当に気にしなくていいですよ。見た目は甘ったれた赤子の竜ですけど、本当の中身は大人ですし。死ぬことはありません」

「ですが……私が責任を取らないと」

「その責任を取るって、どのような意味を込められて仰ってますか？」

「……っ！」

マリエットは歩みを止めた。正面からマティアスと向き合う。

「ただの罪悪感ですか？　それとも自己保身ですか？」

「ちが……っ」

マティアスの指摘が重く響く。いつも明るく軽口を叩いていて、困ったときは相談できる相手だが、本質はもっと厳しい人なのかもしれない。

彼の紫色の双眸《そうぼう》が途端に冷ややかに見えた。

「マリエット様は甘いですよ。その「責任」という言葉ひとつで、権力者は簡単に誰かの人生をめちゃくちゃにできてしまう。そして我々は人ではないです。異種族に人間の常識は通じませんよ」

「……っ」

恐らくマティアスはマリエットの覚悟を測ろうとしている。

先ほどフェリシアンに告げたように、マティアスにも責任感のみだけでヴィストランドに行くなどと言えるのかと。そしてそれをいいように利用されても後悔しないのかと問われているのだ。

「フェリシアン殿下が仰っていた通り、ヴィストランドから帰って来た者はいません。ほとんどの人たちは番として連れ去られた人間だからです。一度竜族の地に入った者を逃がすはずがないでしょう。あなたは殿下が元に戻られるまで傍にいるつもりですが、戻った後はどうするつもりなのですか？」

お役御免でリヴェルに帰るつもりでいたのか。本当にそれが叶《かな》うと思っていたのか。

「私は……」

マリエットの喉がひくりと引きつった。急に口の中が渇いて声を出しにくくなる。

——エル様の傍にいて世話係をすると決めたのは、私の責任感と罪悪感から？

それとも愛玩動物の面倒をみているつもりだったのだろうか。一度飼い始めたら最期まで面倒をみなくてはいけない。そしてその感情も責任感からくるものだ。

エルを可愛がっていたのはマリエットの本心だ。ずっと傍にいたいと思っていたのも嘘ではない。

けれど彼が人型のエルキュールに戻ったときも、果たして同じ気持ちでいられるだろうか。同じように可愛がり、愛しさを募らせることができるだろうか。

――わからない……できるとは断言できないわ。

今はまだ曖昧な返事しかできそうにない。

そしてマティアスはそれを良しとはしないだろう。

「私はエルキュール殿下の従者なので、マリエット様の覚悟を聞いておく必要があります。あなたの振る舞い次第であの方の未来が変わってくるので」

「私の覚悟……」

「マリエット様が今の殿下を心から可愛がってくださっているのはわかります。ですが同じ気持ちを元に戻った殿下にも注げますか？　あの方を愛してくれますか？　殿下が傍を離れた今こそ、私はご自身の感情の在処《ありか》を見つめるいい機会だと思います。一緒にいる覚悟が生まれない限り、殿下の捜索には参加しないでください」

「……ッ！」

もっともすぎる正論を突き付けられて、マリエットの足は地面に縫い付けられたように動けなくなった。

マティアスの足音が遠ざかるが、追いかけることができない。

――私の感情の在処。私がエルキュール殿下をどう想っているのか……？

赤子のエルのことは好きだ。可愛くて愛らしくて、幸せにしたいと思っている。

けれどエルキュールのことは、過ごした時間が短すぎてわからない。たった一晩一緒に過ごしただけなのだ。

――だってふたりは全然違うもの。結びつけて考えることができないわ。

赤子に退行している状況だけでも混乱する。マリエットは混乱したまま、ほぼ強制的に巻き込まれたに過ぎない。

一緒にいる覚悟というのはどうやったら生まれるものなのだろう。

どうやったらエルを大切だと思うくらい、エルキュールのことも大切だと思えるようになるのか。

――好きという感情が難しい……相手を大切に想っているだけではダメなの？

ヴィストランドへ同行すると決めたときはここまで悩まなかった。目の前の目標を達成することを優先し、その先について考えるのを避けていたのだ。エルがエルキュールに戻った後に移住するかどうかを決めたらいい。今はその後どうしたいかまではわからないから。

——そんな考えは甘かったんだわ。

執念深い竜族がみすみす番を手放すはずはない。二度と大切な人たちと会えなくなる覚悟を持って彼の手を取らないといけない。

もしかしたらエルキュールがマリエットと共にリヴェルへの移住を選ぶかもしれないが、どちらにせよ番になる決意をしてから話し合いをする必要がある。

——どうしよう……私はどうしたい？

昔からマリエットはあまり自己主張をしない性格だった。自分の欲求というものは控えめで周囲の人の意見を優先させる。

気配り上手で調和を重んじる性格が故に、いざ「あなたはどうしたい？」と訊かれると返答に困る。みんなが気分よく笑顔でいられるなら、自分のささやかな欲など簡単に隠せてしまうのだ。

侍女という仕事はマリエットにとって天職だった。王女に振り回されることも嫌いではないし、欲望に忠実な彼女を見ていると気持ちがいい。

——私ってすごくぼんやり生きてきたのかもしれない。

父親が婚約者を選んでも反発心すらわかなかった。恋愛結婚が主流になってきているとはいえ、貴族令嬢の婚約者を当主が選ぶことは普通のことである。

だからナルシスと婚約したときも、時間をかけて愛情を育《はぐく》めたらいいとしか思わなかったのだ。それが当たり前のことだったから。

今までなにかを強く望んだことがあっただろうか。

――でも、エルキュール殿下と過ごした夜は違ったわ。

彼と一晩を過ごすと決めたのはマリエットだ。途中まで流されてしまったことは否定できないが、それでもエルキュールに強く惹かれたことは嘘ではない。

そして純潔を捧げたことも後悔はしていない。彼と過ごした一夜は一生の思い出になると思っていたし、恥ずかしくなるほど情熱的だった。

だがもしも番を拒絶したことでこんな事態になることがわかっていたら、果たして最初から番を受け入れていただろうか。

――いいえ、多分同じことを選んでいたかも。私には竜族の王子妃は務まらないから。

マリエットが他の貴族令嬢のように貪欲で野心もあれば迷わず手を取ったはずだ。種族は違っても、王族の妃になんて簡単になれるものではない。

だが拒絶をしたことで、まさかエルキュールが泣くとは思わなかった。

成人男性の泣き顔なんてはじめて見た。そのあまりに美しさに胸が高鳴ったのは気のせいではなかったと思う。

身体を繋げれば心も繋がるのかはわからない。エルキュールに惹かれたことは確かだが、その感情に名前をつけるとしたらなにになるのだろう。

——恋と呼ぶにはおこがましいほどささやかな感情で、いつか愛に変わるのかはわからない。エル様に抱く感情と同じようにエルキュール殿下を大切に思えるのかもわからない。

「……それでも私は元のエルキュール殿下に戻ってほしい。そしてこれからたくさん話してみたい」

きっとエルと過ごした時間以上にエルキュールと過ごせたら、輪郭がはっきりしていない感情にも名前がつけられるのではないか。エルを抱きしめたいと思うようにエルキュールも抱きしめたくなるかもしれない。

生理的な嫌悪感がないのであれば、あとはどれほど好意を積み重ねていけるかだけだ。

今はまだエルキュールを知る時間が足りていない。彼を愛せるかどうかはわからない。

「ごめんなさい、マティアス様！　仰る通り今の私は責任という言葉を盾にして、自分の感情もよくわかっていない未熟者です。エルキュール殿下と過ごした時間が短すぎて、殿下をどう思っているのかもわかりません。だから、これから時間をかけて殿下のことが知りたいです」

竜族は耳がいい。ここからでもマリエットの声を拾っているだろう。

「だから、今後のことはエル様が元に戻ってから考えます！」

——そうよ、今優先するべきことはエル様を見つけること！

自分の感情の在処がわからなくても関係ない。優先するべきことを見誤ってはいけない。

エルはきっと心細くなって泣いているはずだ。マリエットの声を聞いたらすぐに飛んできてほしい。

マリエットは深く息を吸い込んで、大きく声を上げた。

「エル様、私はここです！　戻ってきてください……！」

青く澄んだ空に向かって両腕を掲げる。

けれど白銀の竜は一向に下りてこなかった。

第五章

――妙なことになった。

エルは今、ミレーヌ王女の私室に監禁されていた。王女は「ちょうどいいものがあったわ」と、エルを鳥かごの中に入れたのだ。

王女からしたら拾った竜を保護している状態なのだが、エルにとっては監禁と大差ない。

「何故鳥かごなんかが部屋にあるんだ」

一緒にいたジョルジュという少年に医者を探すように命じ、本人はエルが好みそうなおやつを見繕ってくると言い残した。大量の虫でも用意されたらどうしよう。あの野性的な王女なら虫くらい素手で捕まえてきそうだ。

不吉な想像をしてぶるりと身体を震わせた。

――どうしたものか。出ようと思えば出られるが、このまま変化を解いたらただの変態になるか？

裸の竜が人に戻ればどうなるか……王女の私室に全裸の成人男性が現れることになる。

エルキュールにとっては社会的な死など痛くも痒《かゆ》くもないが、不名誉な噂が流れてマリエットを悲しませたくはない。

——それに美しすぎる僕を見て王女が惚《ほ》れたら面倒だしな。

竜の愛らしさには目覚めているかもしれないが、それは仕方ないだろう。

月光色のうろこは竜族の中でも一番美しいとされている貴重な色なのだ。見惚《みと》れない方が無理な話である。

無理やりエルキュールに戻り鳥かごを壊すのはやめておこう。裸を見られることに抵抗はないが、万が一マリエットが誤解をしたら困る。

もしも「私に飽きたのですね」とでも言われたら、エルキュールの心臓は今度こそ止まってしまうかもしれない。誤解の解き方など知らないのだ。

必死になって否定をすればするほどマリエットとの溝が深まる気がするのは、築き上げてきた信用が脆いからだろう。

エルのことは可愛がってくれているが、エルキュールにも同等の愛情を向けてくれるとは限らない。

「……うう、胸が苦しい。これが恋の病というやつか……」

三百年生きてきてはじめて知った痛みだ。

自分から彼女の傍を離れたのに、今は会いたくて心が潰されそうになる。

フェリシアンのような男が彼女に言い寄っていたらどうしてくれよう。牽制をするにしても、頼りない赤子の竜ではろくに威嚇もできやしない。

——ああ、そうだ。噛みつく程度で牽制なんてできるはずもなかった。

格の違いを見せつけないと、愚かな雄は諦めきれない。絶対的な力の差を目の当たりにでもしない限り、彼女に言い寄る男は際限なく現れるだろう。

他の雄の臭いでもつけられたらどうしてくれようか。怒りで我を忘れるどころではない。

だがそんなエルキュールを見てマリエットに怯《おび》えられたらと思うと、胃のあたりがギュッと収縮する。

怯えられるのは嫌だ。悲しむ顔も見たくない。

エルキュールから離れようとするのは許せない。もしも逃げようとしたら、こんな鳥かごとは比にならないような強固な鳥かごを作ってしまうかもしれない。

——番《つがい》を守る鳥かごか。悪くない。

誰にも害されない頑丈なものにしよう。鍵を開けられるのは自分だけ。

そんな想像をするだけで愉悦に浸るが、閉じ込められているマリエットの表情はエルキュールが望むものではなさそうだ。もしも涙目で懇願されたら、あっさり鍵を開けたくなる。

——マリエットが悲しむ顔を見たくないのに悲しませることをしたくなる。この矛盾はなんなんだ。

ううう……と唸り声を上げて、エルは鳥かごの中で悶えた。自分がどうするべきなのかがわからない。

マティアスに愚痴れば多少なりとも有益な助言を得られそうだが、この場に彼はいない。

こんな葛藤や苦しみを味わったこともはじめてだ。

――マリエットが絡むとはじめてばかりを経験する。

苦しさも愛しさも、今までは知らない感情だった。

少し前まではマリエットが寝ている間に攫《さら》ってしまおうと考えていたが、今は迷いが生まれている。本当にそんなことをしたら、彼女に一生許してもらえなくなるのではないか。

――これが恐怖心か。マリエットに嫌われるのは嫌だ！

最強の竜族にも恐れるものがあるとすれば、番に嫌われることだけ。そんな感情があることもはじめて知った。

鳥かごの中でのたうちまわっていると、なにかが近づく気配がした。

真っ白な長毛種の猫だ。首にはレースのリボンが巻かれている。

「猫……王女は猫を飼っていたのか」

「ぶみゃあ」

高貴な見た目と違い鳴き声はあまり可愛くない。

なんとなく値踏みをされていそうだ。爛々《らんらん》と光る目には新入りに心得を教えてやろうという意気込みが伝わってくる。

「僕は鳥じゃないし敵意もないぞ。そもそも王女に飼われているわけでも……、ぎゃッ！」

ガシャン！　と、猫が鳥かごを引っぱたいた。突然のことにエルの身体はすくみ上がる。

「なにをする！　って、いや、きちんと話をしよう。まずはそこの鍵を開けてくれ」

猫の前足がちょいちょいと鍵を弄りだす。

鍵穴に棒が差し込まれているだけの簡単な造りだが、内側からだとエルは届かないのだ。

「いいぞ、そうだ。あと少し……！」

カチャン、と金属の棒が床に落ちた。

「よくやった！　竜だったら僕の従者にしてやってもいい」

「にゃ」

キイ……と音を立てて扉が開いた。かごから出た瞬間、勢いよく猫に殴られそうになった。

「……ッ⁉」

次々と繰り出される攻撃を避けて、エルは本棚の上へと非難する。

「急に奇襲をかけるなど卑怯《ひきょう》だぞ！」

猫はエルよりも二回りほど大きい。先ほどまでは姿を隠していたが、どうやら昼寝から起きたようだ。

――もしかして鳥かごに閉じ込めたのは、こいつから守るためなんじゃ……。

猫は縄張り意識が強い。自分の縄張り内に入って来た新入りは、この洗礼を受けるのかもしれない。

猫はエルを追って本棚に飛び乗った。どこまでも獲物を追いかけようとする執念に慄く。ものすごい速さで追ってこられると逃げる以外の選択肢がない。

「僕を熱烈に追いかけていいのはマリエットだけだ……！」

そんな情けない叫びと共に扉へ直行し取っ手を回す。だが外から施錠がされているため出られない。

「ぶみゃあ……」

猫が不敵に笑った。

覚悟を決めて変化を解こうとした瞬間、バタバタと外から足音が聞こえてきた。

「……エル様！」

――マリエット!?

両腕を広げたマリエットの胸の中に迷いなく飛びこんだ。

「大丈夫ですか？　エル様。怪我をなさったとか」

「～～きゅい！」

今までどんな気持ちで鳴き声を上げていただろう。

あれこれ考えていたことはすべて吹っ飛び、今はただマリエットの安心感と胸の柔らかさを堪能したい。

――マリエット……やっぱり僕は君しかいらない！

こんな温もりも優しさも愛情も知らずに生きてきたなんて、これまでの三百年はなんだったのか。ただ時間を積み重ねてきただけだった。

「大丈夫そうですね、よかった……」

そう呟いた彼女の眦《まなじり》には薄っすらと涙が浮かんでいた。

自分の衝動的な行動のせいで彼女を悲しませて泣かせた。エルの胸がズキッと痛む。

――すまない。僕のせいで余計な心労をかけてしまった。

この償いは必ずすると心に決めて、エルはマリエットの頬をそっと舐めた。

◆◆◆

マリエットは幸運にも王宮内でジョルジュと出会った。彼は王女の幼馴染で勉学を共にする友人でもある。

王女の部屋に竜の子供がいることを聞きつけて、マリエットは急いで王女の部屋へ向かうことにした。

「ミレーヌ様から医者を呼ぶようにと言われたのですが」

「どこか怪我をしているのですか？」

「いえ、外傷はないです。ただ勢いよくミレーヌ様の日傘に突っ込んで目を回していたので」

ふたりがエルを拾った経緯を聞く。幸い、エルの姿を見たのはこのふたりだけらしい。

「医者は大丈夫です。エル様の存在を他の人に知られたくはないので」

聡明《そうめい》なジョルジュは理由も聞かずに頷いた。竜が王宮内にいることを知られれば大騒ぎになる。

ミレーヌはおやつを選びに行って不在にしていると聞き、マリエットはすぐに彼女の部屋へ向かった。部屋の外には侍女仲間が待機している。

「マリエット？　急にどうしたの」

「ごめんなさい、鍵を貸してくれる？」

部屋の鍵を借りて中へ入る。侍女への対応はジョルジュが機転を利かせていた。

――応接間じゃない。では寝室？　……いいえ、きっとお猫様の部屋だわ！

王女は愛猫専用の部屋を作っていた。寝室と続き間になっている。

外側からしか施錠はできず、簡単には猫が脱走できない。エルを保護したとしたら、人目につく可能性のある応接間でも寝室でもなく、猫の部屋に匿《かくま》っているはずだ。

「……エル様！」

勢いよく扉を開ける。

エルは猫に追い詰められているところだった。

──ああ、やっぱり！

気位の高い王女の飼い猫は、縄張りに入って来た新入りを徹底的に教育し序列を教える癖がある。

「～～きゅい！」

胸の中に飛び込んで来たエルを抱きしめる。先ほどはエルがマリエットの傍を離れたが、今は彼の方から飛び込んで来てくれた。一度失った信頼を取り戻したようにも感じられて、マリエットの胸がギュッと締め付けられた。

「ごめんなさい、エル様……私が説明もなくリボンを解いたりして」

「そんなことはもういい」と言っているのか、「本当にその通りだ」と責められているのかはわからない。

だけどマリエットは血がついて汚れたから洗おうと思ったと説明した。

「怖い想いをさせてしまいましたね。このまま会えなかったらどうしようかと……」

大きく息を吐いた。愛するペットが脱走したときの心境なんて二度と味わいたくはない。

──姫様がこの部屋を作られたのも理解できるわ。

大切な猫が脱走して怪我をしたら大変なことになる。双方のためにも、きちんとした対策は必要なのだ。

「ぶみゃああ」

「っ！　すみません、シャムロック様。お騒がせしました」

マリエットは丁寧に猫に謝罪した。

この部屋の主を無視したら後で引っ掛かれるかもしれない。

「あら、マリエット。どうしてここに……って、なんだ。ジョルジュが連れてきたのね」

「姫様」

ミレーヌは籠の中にたっぷりとおやつを詰めて現れた。猫じゃらしやぬいぐるみも見え隠れしている。

「その竜、鳥かごに保護しておいたはずなのに外に出ちゃったの？　それともマリエットが開けたの？」

「いいえ、私が来た時にはシャムロック様と遊んでいるようでしたが……」

一方的に追いかけられていたとは言いにくい。

「じゃあシャムが開けちゃったのね。もう、少しの間我慢してねって言ったのに」

「みゃあ～」

猫は王女の足にすり寄っている。飼い主に甘えるときは鳴き声が高い。

「それで？　マリエット、その腕の中に抱いている竜は一体なに？」

――どうしましょう……本当のことを明かしていいかはわからないのだけど……。

ヴィストランドの第二王子だと言って信用されるかもわからない。

この場にフェリシアンがいてくれたらうまい説明を考えてくれただろうが、野性的な勘が鋭い王女に嘘をつくのは難しい。

「申し訳ありません、姫様。詳細を話しても問題ないか、許可を取ってからでないと……」

「あら、許可を取るってお兄様かお父様にでしょう？　ならわたくしが取っておくから問題はないわ」

笑顔を浮かべているが押しが強い。

一度王女の興味を引いたら飽きるまで手放してもらえなくなりそうだ。

「まさかあなたが休みを取っていた理由って、竜の面倒をみていたからじゃないでしょうね？」

――鋭い！

ミレーヌはじろりとエルを頭の角から尻尾の先まで眺めた。エルは蛇に睨《にら》まれた蛙《かえる》のように腕の中で硬直している。

「あの、それも一部ではありますが……」

「歯切れが悪いわね。他にも言えない事情があったってこと？」

「ミレーヌ様、その辺でやめてあげましょう。きっと深い事情があるんですよ」

ジョルジュが助け船を出した。

だが、自分だけが物分かりの悪い子供のように扱われて気に障ったのだろう。ミレーヌはわかりやすく機嫌を損ねた。

「わかったわ、もういいわよ。この甘ったれた竜は今日からわたくしが面倒をみるわ」

「え？」

甘ったれた竜と言われたエルはマリエットの腕の中でビクッと震えた。ある意味的確な表現ではあるが、この短時間でなにがあったのかはわからない。

「大方シャムロックに追いかけられて泣きべそでもかいてたんでしょう。わたくしが鍛えてあげなくっちゃ」

「いえ、あの、エル様はまだ赤ちゃんなので……」

「獅子《しし》の子は生まれてすぐに崖から突き落とされるのよ？　竜ならもっと根性あるでしょう？」

獅子と竜を同列に考えるのはいかがなものか。

だが比べようもないほど竜の方が強そうだ。

「それにこの部屋でわたくしが面倒をみたら、マリエットだって早く侍女に復帰できるじゃない。わたくしと一緒に世話をしたらいいわ」

名案だと言いたげに告げられるが、従うわけにはいかない。

そもそも王女は何故竜が王宮にいるのかを理解していないようだ。

「ミレーヌ様はもう少し視野を広げた方がいいですよ。どうして竜がここにいるのかを考えれば予想はつくでしょうに」

未だにヴィストランドの王族が王宮内に滞在している。その理由を考えれば無関係ではないことがわかるはずだ。

「大体の予想はついているわよ。ヴィストランド側がうっかり卵を持ってきちゃったか、急に産気づいて産んじゃったんでしょ！　それで帰るに帰れなくなったんだわ」

マリエットはたまたま近くを通りかかり、孵化《ふか》した瞬間に立ち会ってしまった。そのため赤子はマリエットを母親認定し、精神が安定するまでは傍を離れられなくなった——と、王女は得意気に語った。

——全然違うけれど、筋は通っているわね。

うっかり卵を持ってきた経緯と、誰が産んでしまったのかが知りたいところだ。産気づいて生むというのもどういうことなのか詳しく知りたい。

そもそも竜族は卵を産むのだろうか？　と考えている間にも、王女は話を進める。

「だからマリエットは巻き込まれただけなんでしょう？　竜なんて謎めいていて不思議な生物は希少価値が高いもの。人目に晒《さら》されるわけにはいかないわ」

「ミレーヌ様にもその認識があったのですね」

「失礼ね、ジョルジュ！　わたくしをなんだと思っているのよ。……まあ、つまり厳重に警備ができて人の出入りも制限されて、危害を加えられない環境に置いておくのが一番いいのよ。さあ、マリエット。その子はわたくしが預かるわ！」

王女の言い分は一理ある。だが従うわけにはいかない。

「……嫌です」

「マリエット？」

王女の眉がピクリと反応する。

今までマリエットがなにかを断ったことはなかった。王女のわがままにもマリエットの方が折れていたのだ。

「すみません、いくら姫様でも無理です。エル様は私の……大切な子なんです！」

「っ！　まさか、あなたが産んだの⁉」

「どうしてそうなるんですか」

すかさずジョルジュがツッコミを入れるが、ミレーヌは驚いた顔を崩さない。

「違います、私が産んだわけではありません」

「ならいいじゃない。わたくしによこしなさい」

「きゅいいいっ」

エルはマリエットの胸元に引っ付いた。小さな手が離れまいとするように、マリエットの襟をつかんでいる。

「ごめんなさい、姫様。エル様を渡すことはできません」

マリエットが本気で竜を優先するとは思わなかったのだろう。

王女は愕然とし、癇癪を起こす。

「な……なによ！　わたくしよりもそんな甘ったれ竜が大事なの⁉」

「甘ったれって、ミレーヌ様に言われたくないと思いますよ」

「お黙りジョルジュ！　もういいわよ、マリエットなんかクビよ！」

売り言葉に買い言葉だとわかっていたが、マリエットは食い下がらなかった。解雇宣言をされて、ストンと心が決まる。

——姫様のことも気がかりだったけれど、これで心置きなく国を出られるわ。

家族のことは自分で説得ができるが、王女が一番の懸念だった。

ミレーヌはこれまでたくさん侍女を解雇してきたが、マリエットのことは三年も傍に置いてきたのだ。嫌われてはいないとわかっていたため、傍を離れると伝えるのは骨が折れそうだと思っていた。

当然傍を離れるのは寂しいが、そろそろ王女も大人にならなくては。きっと今後も傍にいたら、彼女が成長する機会を奪ってしまう。

マリエットは自分でも気づかないうちに相手を甘やかしてしまう癖があったらしい。

「お気持ちに添えず申し訳ございません。今までお世話になりました」

「え……マリエットさん？　本気ですか」

心優しいジョルジュが慌てている。

ミレーヌは拗ねたようにプイッとそっぽを向いた。

「正式な挨拶はまた後日に。本日はこれで失礼いたします」

扉を閉めて足早にその場から離れる。ミレーヌが本心でそう言ったわけではないとわかっていたから。

――すぐに撤回されることはないでしょうけど、もしも泣きながら縋りつかれたら決意が鈍りそうだわ。

いつだって自分の感情に正直な王女は好ましかった。白黒はっきりしている性格も、好きなものを好きだと主張できるところも、マリエットは持っていないものだ。

社交界デビューを果たして大人へと近づいていく王女を見守りたかったが、それは別の者に委ねよう。

マリエットは腕の中にエルを抱えたまま慣れた道のりを歩き、無意識のうちに自室へ辿《たど》り着《つ》いていた。

「あ、しまった。離宮へ帰るはずがこっちに来ちゃったわ」

必要最低限の家具しかないが、狭すぎず清潔な部屋はマリエットの城だった。こまめに掃除をして、お気に入りの小物を置いている。

淡いクリーム色のカーテンはこの春に新調したばかりだ。ここにはマリエットの好きなものを詰め込んでいる。

「ごめんなさい、エル様。怖がらせてしまいましたね。もう大丈夫です」

マリエットはギュッとエルを抱きしめてから寝台に下ろす。

「マティアス様にもすぐに知らせてまいりますね」

そう微笑みかけた直後、目の前に座るエルが光り出した。

「えっ⁉」

眩しさのあまり目を瞑《つぶ》ると、ポンッ！　となにかが弾けた音がした。どこかで聞いたことのある音だ。

――今のは、まさか……！

恐る恐る目を開ける。

プラチナブロンドの髪と、アレキサンドライトの瞳が美しい青年がマリエットの寝台に座っていた。

「マリエット」

「……ッ⁉」

腰に響くような美声で名前を呼ばれた。心臓がドクッと跳ねた。

一瞬で身体の熱が上昇し、顔に熱が集まってしまう。

「え、え……？」

「ああ、驚いた顔も可愛らしいな」

手を引かれて寝台に押し倒された。一瞬の出来事に目を丸くする。

――アレキサンドライトの瞳はエル様の色だわ。

急に現れた美男子は間違いなくエルキュール本人だ。いつかは元に戻ると思っていたが、今だとは思わなかった。

心の準備をしていたはずなのに、いざ目の前で変化されると戸惑いが強い。

そしてなにより無視できない問題は、エルキュールが裸だということだ。

「エル……エルキュール様」

「うん、僕だよ。もうエルとは呼んでくれないのか？」

そっと頬の輪郭を撫でられる。

エルが頬にキスをしてくれたような可愛らしい雰囲気ではなく、淫靡《いんび》な空気が漂っていた。

マリエットの心拍数が急激に上がっていく。

「エル様……」

「ああ、いいな。君に呼ばれると、この名前が特別なものに聞こえる」

目に毒なほどの美貌が近づいてくる。

マリエットは呼吸を忘れてエルキュールに見入っていた。

ずっと傍にいたのに、エルキュールの美しさに慣れていない。舞踏会の夜は飲酒をしていたため平常心ではなかった。

――こんな……こんなに破壊力のある美男子だったかしら⁉

光の加減で色が変わるアレキサンドライトの瞳。陽《ひ》の光を浴びてより一層輝くプラチナブロンドの髪。

そしてすべてのパーツをバランスよく配置した顔は神が気合を込めて作ったとしか言いようがない。

「どうしたんだ、マリエット。呆《ほう》けている君も愛らしいが」

「……っ！」

「君の愛情をしかと受け止めた。僕も君が好きだ。愛している」

「え？　あ、あの……ン――！」

言葉なんていらないとでも言わんばかりに、エルキュールの唇がマリエットの口をふさいだ。

突然の口づけを受けて頭が真っ白に染まる。

――エル様とキス……！

竜のときにするような可愛らしい口づけではない。

マリエットの唇を舌先でなぞってくる。くすぐったさから早く口を開いてと要求しているようだ。

そんな悪戯をしかけるのがあの純粋無垢《むく》な竜と同一人物だなんて信じられない。頭がうまく働かない。

「マリエット」

「……ッ！」

耳元で囁かれると背筋にまでぞくぞくとした痺れがかける。

身体中の熱が上昇し、声にならない悲鳴はエルキュールの口に吸いこまれた。

「ン……！」

彼は巧みな舌使いでマリエットの快楽を引きずり出そうとする。

どちらのものともわからない唾液を飲み込んだ。キスが甘く感じるというのは普通なのだろうか。

——なんでだろう。久しぶりな感じがしない……？

何度も唇を重ねていたような錯覚を覚える。今までエルキュール以外と口づけをしたことはないのに、彼のキスを懐かしいとも思わない。

「ん、ぅ……ッ」

逃げる舌を追いかけられる。舌先が擦れると頭の中に靄がかかったように思考が鈍くなってきた。

気持ちよくてたまらない。生理的な涙が浮かびそうだ。

淫靡な唾液音が室内に響く。下腹の収縮が止まらず、太ももを動かしただけで恥ずかしい水音まで響きそう。

「好きだよ、マリエット。僕は君のものだ」

「あ……っ！」

耳たぶを優しく食《は》まれた。そんな些細な刺激だけで身体中が感じてしまう。

竜族の王子が自分のものだなんておこがましくて信じられない。丁重に断りたいのに、それを言える空気でもない。

——どうしよう……まさか急に戻られるなんて思わなかったから、いろいろと心の準備が……！

突然のことに頭が追い付かない。こんな風に寝台に押し付けられていたら会話もままならないだろう。

だがまずはエルキュールがどこまで覚えているのかを確認したい。

「あ、の……エル様は、ずっと覚えて……？」

エルだったときの記憶は残っているのだろうか。

そっと目を合わせると、蕩けるような眼差しで見つめられた。

「いいや、はっきり覚えているわけではない。今は夢から覚めたような気分だ。でも不思議とマリエットの声はしっかり残っている」

エルキュールは堂々と嘘をついた。

覚えていないのは赤子の竜に変化した直後で、二日目以降はエルキュールとして過ごしていたのだ。

エルキュールの意識を宿したまま赤子を演じていたと知られればマリエットがどう思うか……彼としては嫌われる可能性は潰しておきたい。

「君はとても僕を可愛がってくれたんだろう。ありがとう、君の愛情と優しさが空っぽになった僕を満たしたんだ」

「え……いえ、そんな」

エルキュールに手を握られた。その手を胸に押し付けられる。

素肌の体温が直に伝わって来て、マリエットの心臓がふたたび大きく跳ねた。

「ほら、触って。小さなエルのときはたくさん撫でてくれただろう?」

ぼんやりとした記憶の中でも撫でられたことは覚えているらしい。

彼の滑らかな肌はうろこで覆われていない。人型のときは角も羽も消えている。人の肌と大差がないようだ。

それどころかシミひとつない肌は肌理《きめ》が細かくて温かい。その生々しい感触がマリエットの羞恥を大いに煽《あお》った。

「あ、あの！　そろそろ服を着られたほうが……！」

「服の中に手を差し込んで僕を撫でまわしたいのか？」

そんな変態的なことは言っていない。

マリエットは必死に否定する。

「違います、ただの一般論です！　風邪をひいてしまったら大変ですから」

「大丈夫だ、竜族は身体が強い。風邪なんて百年以上もひいてない」

エルキュールは安心させるように微笑むが、マリエットの手を放すつもりはないらしい。強制的に胸元を撫でさせられている。

その手が彼の胸の突起をかすめた。

「ん……っ」

「……ッ！」

彼の悩ましい声は喘ぎ声にも似ている。

しっとりと潤んだ瞳に見つめられるだけで、マリエットの頭はくらくらしそうになった。

――こんな倒錯的な行為は知らない……！

服を一切纏っていない絶世の美男子に押し倒されている。これではゆっくり話し合いもできないだろう。

もうずっと心臓が騒がしい。視線をどこに定めていいのかもわからない。

「エル様、そろそろ……」

離宮に戻る準備をしなくては。マティアスも心配しているはずだ。

「ああ、そろそろマリエットの中に入りたい」

——え？

エルキュールの熱っぽい目には、隠しきれない情欲が浮かんでいた。

ここで舞踏会の夜を再現されたら困る。マリエットは咄嗟に両手でエルキュールの胸を押し返す。

「ダメです、そうではなくて」

「ダメ？　僕とイチャイチャするのが嫌なのか？」

「何故イチャイチャするのが前提なのですか。まさか、私の身体目当てなのですか？」

——こんな台詞を言う日がくるなんて……！

恋愛に疎い自分には縁のない台詞だと思っていた。

マリエットが羞恥に耐えながら問いかけると、エルキュールは愕然とする。そしてわなわなと口を開いた。

「……身体も心も魂も、全部ほしいに決まっているだろう！」

「っ！」

随分と欲張りな宣言だ。いっそ潔い。

「君は僕を受け入れてくれたんじゃないのか？　僕のことを好きだ、愛していると言っただろう」

「あの、そんなはっきりとは言ってな……」

大切な存在だと宣言したが、愛しているとまでは言っただろうか。

「じゃあ嘘なのか？　それなら王女に逆らって僕を守った理由はなんだ」

両手の手首を寝台に縫い付けられた。真上から見下ろされる。

その必死な形相には怒りが込められている。そしてギュッと眉根を寄せた顔は泣き顔にも見えた。

——ああ……、可愛い。

マリエットの心にストン、となにかが落ちた。

エルを愛おしいと思うのと同じくらい、エルキュールのことも可愛いと思ってしまった。

彼の真っすぐな視線が好ましくて、そして自分を強く求めてくる必死さが愛おしい。

そしてなにより彼の泣き顔が非常に愛らしい。まだ頬は濡れていないが、きっとなにかの拍子で涙があふれてしまうだろう。

——私、どこかおかしいのかもしれないわ。

こんな風に感情をぶつけられるのが心地いいなんて知らなかった。

彼が竜に変化したときの泣き顔を思い出すと胸の奥がギュッと締め付けられるが、別の感情もこみ上げてくるのだ。

きっとこんな表情を見せてくれるのは自分にだけ。他の誰にも見せない顔を向けられているのだと思うと、独占欲に似た感情が溢れてくる。

「エル様、手首を放してください」

「……嫌だ。君は捕まえていないとどこかへ逃げるだろう」

「逃げません。でも動きを制限されていたら、エル様を抱きしめることもできません」

「……っ！」

手首を握る手が緩められた。

一瞬エルキュールの表情が揺れたが、すぐに口を引き結ぶ。

「そうやって、僕の純情を弄ぶんだな」

「ええ……？　そんな弄ぶだなんて……私のことをどんな悪女だと思っているのですか」

男性を手玉にとったことなど一度もないのに酷い言われようだ。それに十八歳が三百歳をどうやって弄べると言うのだろう。

「それならマリエットは僕のことをどう思っているんだ」

アレキサンドライトの瞳に懇願が宿る。本心は聞きたいけれど聞くのは怖いとも語っている目だ。

――相手がどう思っているのかを確かめるのは勇気がいるわよね。

そして自分の心を見せるのも勇気がいる。それはきっと種族なんて関係ないことだ。

気持ちを受け取るばかりだけではダメだ。

マリエットはふたたび「エル様」と名を呼んだ。

手首の戒めが解けると、身体を起こして正面から彼を抱きしめる。

「私はエル様をお慕いしてます」

「……嘘だ。マリエットは小さくて可愛い僕が好きだったんだろう」

エルを可愛がっていた記憶が邪魔をしているようだ。

恐らく彼は、エルキュールはいらないんじゃないかと不安に思っている。

──気持ちを正確に伝えるのって難しい。

抱きしめていた腕を解いて、間近からエルキュールの目を見つめる。欠点がひとつも見当たらない美貌に怯《ひる》みそうになるが、腹の奥にグッと力を込めた。

視線を逸らすことなく「どちらのエル様もですわ」とはっきり答えた。

「小さくて可愛くて甘えん坊な赤ちゃん竜のエル様も、美しくて色っぽくって、私をドキドキさせてばかりいるエル様も。こんな感情を抱いたことなんて今までなかったので戸惑っていますが、あなたを大切にしたいと思う気持ちは嘘ではありません」

不安そうに揺れていた瞳に力が宿る。

ぞくっとするほど力強い眼差しで見つめられると反射的に逃げたくなるが、ここで逃げたらなにかの選択を誤る気がした。

「私は人間ですので、竜族の皆さんのように番というものをきちんと理解できていません。運命の相手という程度にしかわかっていませんが、エル様が私の恋人で婚約者で、そして唯一の伴侶だったら心からうれしいです」

「本当に？　マリエットの心を僕にくれるのか」

「はい」

「君の恋人も婚約者も夫の座も、すべて僕のものということでいいんだな？」

「もちろんです。女に二言はありませんわ」

よく王女も言っていた。『わたくしに二言はないわ』と。

そんな風に断言できる王女を眩しく思っていたが、今は彼女の真似をしたい。

「私はエル様のことが好きです。でもまだお互い知らないことが多いと思うのです」

「……ああ」

「だからこれからたくさんエル様のことを教えてください。そして少しずつでいいので、私のことも知ってください」

言葉が通じて気持ちも通じ合うなら、あとは時間を共有するだけだ。

エルキュールを想う気持ちが恋愛感情ではないのなら、きっとこれからの人生でその感情を知ることはない。

「マリエット……」

蕩けるような眼差しで見つめられるだけで、マリエットの心が満たされる。大切にしたいし誰にも譲りたくない。

——私だけにもっと可愛い表情を見せてほしい。

エルキュールが持つ引力に吸い込まれるようにそっと唇にキスをした。

「……ッ！」

目を丸くさせる表情が赤子の竜とそっくりだ。

「エル様はとても可愛らしいですね」

そして愛らしい。それは人の姿のときも変わらない。

少々我が強くて強引なところも含めて魅力的だ。それに我の強い人間に振り回されることは慣れている。

「そ……そんな風にこの僕を翻弄するなんて、やっぱりマリエットは悪女なんじゃないか？」

「そんなことを仰るのはエル様だけですよ」

これから男性を可愛いと想うのもエルキュールにだけだ。

薄っすらと赤く染まった眦にもキスをした。できることなら彼の心の中を覗《のぞ》いてみたい。

だが、つい感情のままに調子に乗ったのがよくなかったのだろう。マリエットはふたたび手を取られて、寝台に押し倒されてしまった。

「え……」

「僕を煽った責任はちゃんと取るんだろうな？」

にっこり笑った顔は絵画にして飾りたいほど麗しい。

そして視界の端に入り込んだ欲望は無視できないほどの大きさになっていた。凶悪過ぎて直視し難《にく》い。

「あの、エル様、そろそろマティアス様が……」

「あいつのことは放っておいて構わない。きっと今頃茶でも飲んでいる」

主に忠実な従者だと思っていたが、そう言われるとそうかもしれないという気持ちになってきた。

だがここでエルキュールに押し倒されるわけにはいかない。なにせマリエットの自室は壁が薄くて、浴室もついていないのだ。誰かに気づかれる可能性が高い。

「でも、ここではダメです！」

「僕は待てができない！」

――そんな自信満々に言われましても！

十分待ったと言われればそうなのかもしれない。

「でもここは私の使用人部屋なんです。本当は男性の入室も禁止されていて、湯浴みだって共同で」

今は皆不在にしているはずだが、これから一日の勤務を終えた者たちが帰ってくる。

そんな中、マリエットの部屋から物音と喘ぎ声が聞こえてきたとでも噂されたらどうなることやら。

——絶対無理だわ！　恥ずかしいどころじゃないもの！

必死になって懇願すると、エルキュールは眉間にくっきりと皺を刻んだ。ものすごく葛藤しているらしい。

「……わかった。それなら僕の部屋に移動すればいいんだな」

「っ！　はい、すぐに男性用の衣服を調達してきますね」

一時的なものでも、王族が袖を通すならきちんとした服を選ばなくてはいけない。

——やっぱりマティアス様にエル様の服を持ってきてもらった方がいいかしら。どこかで新品の衣服が調達できればいいのだけど……。

身体を隠すだけならローブでもいいが、裸にローブというのは絵面がよろしくない。

「服なんてなんでもいい。それよりもマリエット」

「はい」

「愛しくて可愛い僕の欲望を慰めてくれ」

「はい？　それはどういう……って、え？　ちょっ……!?」

エルキュールは寝台の上であぐらをかいた。マリエットの手を取り、雄々しくそそり立つ彼の屹立《きつりつ》へと導く。

――欲望を慰めるって、ええー⁉

「このままでは歩けそうもない。君の手を借りるぞ」

マリエットの細い指先がエルキュールの楔《くさび》に触れた。つるりとした先端は透明な雫《しずく》をこぼしている。

血管が浮いたそれは別の生き物のように脈を打っている。

熱くて硬い感触が指先から伝わり、マリエットの心臓が大きく高鳴った。

「あの、私はなにを……！」

「ん……そのまま握って」

口内に溜《た》まった唾液を飲み込んだ。まさか男性の生理現象を凝視して、あまつさえ手伝うことになろうとは。

――手が離れない……！

エルキュールの手がマリエットの手に覆いかぶさっている。がっしりと握られているため振りほどくことはできない。

――恋人同士ならこういうことも普通なのかしら！

今まで誰とも恋愛に関する深い話をしてこなかった。熱い夜を過ごした程度なら聞いたことがあるが、具体的な内容は聞いていない。

「あ……マリエットの小さな手に触れられるだけで気持ちいい」

「……っ！」

恍惚とした呟きが色っぽく響く。ぬるぬるとしたものが手に纏わりついて気持ち悪いのに嫌ではない。

――もうここまできたらやり遂げるしかないわ！

マリエットの乏しい知識では確か、男性は一度精を放てばスッキリするとか。つまりエルキュールの雄に刺激を与えて解放してしまえばいい。

――それで早く離宮に戻れれば……！

自主的にしゅこしゅこと手を上下に動かした。その刺激を受けて、エルキュールは快楽に耐えるように目を瞑る。

「あ……う、すぐにでも出そうだ」

「っ！　我慢はよくないですわ。さあ、解放しましょう」

エルキュールの立派な楔を片手で扱うのは難しい。マリエットは両手を駆使して彼の欲望をなんとか吐き出させようとする。

――あ、でもシーツが汚れちゃうのは困るわ。

すでにエルキュールが全裸で座っていることには目を瞑るとして、彼の精を受け止めるものが必要だ。

マリエットは片手を離し、ドレスのポケットからハンカチを取り出した。

「エル様、これを」

「ありがとう。あぁ……マリエットのいい匂いがする」

ハンカチを嗅がれてしまった。

冷静に考えるととんでもない光景だ。視線が遠のきそうになる。

「そうではなくて、これに吐き出してください」

「君のハンカチを汚していいのか」

構わないから早く解放してほしい。マリエットはしっかり頷き、彼の雄を握る手に力を込めた。

「う……っ」

小指がそっと裏の筋に触れた直後、エルキュールの欲望が解放される。

ドクドクと脈打った楔はやはり別の生き物にしか見えない。

――よかった、あとはエル様の服をどうするかだわ。

手を洗いたいところだが仕方ない。マリエットは棚から未使用のハンカチを取り出した。使用済みのハンカチもどこかで洗わなければ。

「あ、そうだわ。エル様、もう一度小さくなれませんか？」

もしもエルキュールがふたたび竜に変化できれば衣服問題も解消される。室内にあるバスケットにエルを入れて、誰にも見つかることなく運ぶこともできるだろう。

「そんな……小さくなんて無理だ」

エルキュールの頬が仄《ほの》かに赤い。

まるで情事の後の気怠《けだる》さを纏い、口から吐き出した息は艶《つや》めいている。

「一度大きくなったらもう戻れないのでしょうか」

「一度大きくなったらなかなか元には戻せない」

——ん？　戻す？

どうも会話がかみ合っていない気がする。マリエットはそっとエルキュールの下半身に視線を向けた。精を吐きだしたばかりの欲望が臍《へそ》につきそうなほど雄々しくなっていた。

——ええ⁉

先ほどよりも立派に見えるのは気のせいか。

「なんでまた……？」

「一度で落ち着くはずがないだろう。この部屋はマリエットの香りで満ちているし、こうして君の匂いを嗅いだらすぐに復活してしまう」

もしそうであればこの部屋にいること自体が問題だ。

「ちょっと、早く吐き出してください！　そして身体も竜の赤ちゃんに戻って！」

今度は手伝うことなく彼の欲を処理させて、なんとか赤子の竜へと変化させた。

マリエットはタオルを敷いたバスケットにエルを入れて、その上から布を被せた。

自室から離宮までの道のりが遠く感じたが、誰からも声をかけられることなく目的地に到着した。

「お帰りなさい、マリエット様。殿下も見つかったようですね」

「マティアス様！　ただいま戻りました」

エルキュールが言っていた通り、彼はのんびりとお茶を飲んでいた。主の捜索で疲労困憊《ひろうこんぱい》だったらどうしようかと思っていたが、そんな心配は杞憂《きゆう》だったらしい。

「あの、エル様は元に戻れたのですが、お召し物がなくて……ふたたび竜の姿になってもらってます」

「そういうわけだ、マティアス。僕の服を持って来い」

バスケットの中から顔を出したエルははっきりと喋った。

その姿で話したことははじめてだ。マリエットの目が大きく見開く。

「あ〜どうやら中身も元通りですね」

「すごいです、エル様！　この姿でも話せるのですか？」

てっきり竜の声帯は人のときと違うのだと思っていた。鳴き声しか上げられないはずではなかったのか。

「今はじめて試してみたが、どうやら話せるようだな」

なにやらマティアスが言いたげな視線を向けてくるが、エルは視線を合わせない。

マリエットは意思の疎通ができることを純粋に喜んでいた。

「殿下の服ですね、ご用意しますので少々お待ちを」

「ああ。あとしばらく人払いをするように。お前たちは耳がいいからな。全員明日の朝まで外泊してきていいぞ」

「え⁉ なにを仰るのですか、エル様。護衛の方たちまで不在になんて危険ですよ？」

そんなことをすれば警備が手薄になる。

マリエットが純粋にエルキュールの身の安全を心配するが、マティアスは微妙な顔をした。

「今最も心配されるべきはご自身のことだと思いますよ？ 明らかに私たちを邪魔もの扱いしていますし」

翌朝まで不在にさせる理由に気づき、ハッとする。

――だってさっき二回も出したのに……？

確かにお預けを食らわせたが、すぐに求められるとは思わなかった。男性の生理現象がわからない。回数制限はないのだろうか。

「僕の護衛は念のためにつけているだけだからな。人間相手に怪我をさせられることはない。それに僕がいるんだからマリエットの身も安全だ」

「いえ、殿下が傍にいることが一番の不安では」

エルキュールはマティアスの指摘を聞き流す。都合の悪いことには応えないらしい。

マリエットはエルが大人に戻ったときの衣服と、そして寝間着やガウンなどの場所も教えられた。とりあえずガウンを羽織らせればいいと聞いてホッとする。

「では、邪魔者の我らはご厚意に甘えて王都に飲みに行こうと思います。マリエット様も嫌がっていないようなので安心しました」

「っ！」

エルキュールを受け入れて、自分の意思で彼と想いを交わすと決めた。きちんとした報告をする前にエルキュールがマティアスを追い出すのが申し訳なくなる。

「マティアス様、私……」

「大丈夫です。詳しい報告はまた明日で。私も野暮《やぼ》ではないのですよ。あとはまあ、私からの助言をひとつ。もしも殿下がなにかやらかしそうになったら本気で嫌がってくださいね。番に嫌われるような真似はしないと思いますが」

「するわけないだろう！」

素肌にガウンを身に着けたエルキュールがムッとした表情を浮かべた。いつの間にか元に戻っていたようだ。

マリエットはマティアスの視線から隠すように抱きしめられる。

「そうですか。ではごゆっくり」

微笑ましい視線を向けないでほしい。マリエットの顔に熱が集まる。

——ど、どうしよう……急にふたりきりにされちゃったわ。

途端に落ち着かなくなった。

今まで赤子の竜とふたりきりなのは慣れていたのに、うっとりと見惚れるほどの美男子であるエルキュールと離宮に閉じ込められるなんて、どうにかなってしまいそう。

平常心を取り戻すように、いつも通り振る舞う。

「えっと……エル様、お茶はいかがですか？　あと今夜は召し上がりたいものはございますか？」

毎日新鮮な食材が届けられているため食べ物には困らない。簡単な軽食は食べられるようにしており、果物も焼き菓子も揃《そろ》っている。

「マリエットは喉が渇いているか？」

エルキュールに尋ねられるとは思わなかった。

咄嗟に「はい、少し」と返事をすると、彼はマリエットを長椅子に座らせる。

「わかった。僕がお茶の準備をしよう。マリエットは座っているといい」

「え？　ですが……」

「心配しなくてもお茶くらい僕にでも淹れられるぞ。ここでの君は侍女ではない。僕の恋人でたから。

婚約者だろう？」

わかりやすい言葉に直してくれたようだ。番と言われてもきちんと理解できていないと伝えたから。

彼はお茶の準備をしに部屋から出て行った。なんとも言えない気持ちがこみ上げてくる。

——これが我が子の成長を実感するような気持ち……？

いや、違う。そうじゃない。

恋人に甘やかされてソワソワする感情だ。

今まで一度も男性から特別に扱われたことがなかった。侍女をしてからは特にマリエットの方が気がつくことが多いため、誰かをもてなすことばかりしてきたのだ。

座っていていいと言われたことに感動すると同時に、やはり少し心配になる。

——本当にお茶を淹れたことがあるのかしら？

傅かれることが当然の立場の人がわざわざ自分でお茶を淹れるだろうか。もしかしたらカップに茶葉を入れて、そのまま湯を注げばお茶になると思っているかもしれない。

どんなに苦くても飲み干そう。誰にだってはじめての経験はあるのだから。

マリエットが密かに覚悟を決めていると、エルキュールが戻って来た。ワゴンにポットとカップを載せただけでなく、焼き菓子や軽食も揃えている。

「夕飯には早いが、小腹が減ったのではないかと思った」

「ありがとうございます」

キッシュと人参のケーキは今朝作ったものだろう。どちらもエルの好物だった。

焦がしバターが香ばしいフィナンシェに、アプリコットのジャムがのったクッキーも用意されている。

そして肝心の紅茶はきちんとポットから注がれた。

白磁のカップに茶葉は浮いていない。

「おいしい……」

「そうだろう。このくらいはお手の物だ」

苦味もえぐみもない、すっきりした味わい。茶葉の香りも最大限に引き出されており、マリエットが淹れるお茶よりもおいしいかもしれない。

意外な特技を知った。まだまだエルキュールの知らないことが山ほどある。

「君はアプリコットのクッキーが好きだったな。さあ、口を開けて」

「いえ、自分で……んっ」

クッキーを口に差し込まれた。エルキュールはマリエットが食べきるまで手を離すつもりはないらしい。

——竜だった時の記憶はぼんやりとしか覚えていなかったんじゃ……？

マリエットの食の好みは記憶しているようだ。

「君がたくさん僕に食べさせてくれたことへのお返しだ」

ひとつ食べ終わると新たなクッキーを口に入れられる。

口に広がる甘さを味わいながら、マリエットはエルキュールのおもてなしに戸惑っていた。

「あの、エル様も召し上がりますか？」

「君に食べさせてもらえるのはうれしいが、今は僕の愛情を受け取ってほしい」

――愛情……？

もしかしたら給餌というのは求愛行動になるのではないか。

――竜の皆さんはお菓子を食べさせあうのが愛情表現なのかも？

つまりマリエットが散々エルにしてきた行為もそういうことなのだろう。

「エル様、認識に齟齬《そご》が出ている気が……」

「赤子だった僕にしてくれたことはすべてマリエットの愛情表現だと思っていることか？」

食事を手伝ったことだけではない。

湯浴みも添い寝も、すべてマリエットがしてきたこと。

「まさか同じことを私にするつもりでは……」

「何故まさかなんだ。もちろんそれだけではない。これからはどこに行くのも僕がマリエットの護衛をするし、君をずっと抱っこしていよう。こうやって」

「きゃ！」

エルキュールの片腕が腰に回った。そのまま彼の膝に乗せられる。

「僕を脚代わりに使えばいい。なに、恥ずかしいなら僕がしてもらっていたことへのお返しだと思えばいい」

「っ！　い、いえいえそんな、畏れ多いです！　謹んで遠慮します！」

「遠慮は無用だ」

丁重に拒否するのにそれすら拒否される。腰に回った腕はがっしりとしていて離れそうにない。

――竜の赤ちゃんを抱っこしていたのと、成人女性を抱き上げて歩くのとじゃ意味が違うわ！

きっとヴィストランドの人々は生温かい眼差しで見て見ぬふりをしてくれるだろう。だがそんな状態のままリヴェルの人間とは顔を合わせられない。

「マリエット。そういえば僕はまだ君の口からはっきりと聞いていないのだが」

「なにをでしょう⁉」

エルキュールの腕からなんとか逃れられないか格闘するが、彼は一向にマリエットを離そうとしない。それどころか首筋に顔を埋めて、スンッと匂いを嗅いでくる。

「……っ！」

「僕の番になると言ってくれないか」

耳元で囁かれた言葉を聞いて、マリエットは動きを止めた。

エルキュールに気持ちを伝えたつもりでいたが、彼の番になるという宣言はしていなかったかもしれない。

――そうだわ。好きだと伝えて、婚約者になることを了承したけれど、番にしてほしいとまでは言っていなかったかも……？

なんだか悪いことをしてしまった。

きっとエルキュールは不安だったのだろう。マリエットに引っ付きたいと思っていたのは、心変わりをされないためではないか。

背後から抱きしめる腕が弱まらないのは、彼が縋りついているから。愛を懇願しているように感じる。

「エル様、顔を上げてください」

びくりと肩が反応した。エルキュールはのろのろと顔を上げる。

「私は残りの人生をエル様と歩んでいきたいと思っています。婚約して結婚するというのと、番になるというのが同じ意味ではなかったのでしたら、私に番というものを教えてください」

運命の相手で魂の伴侶。

他の相手に目移りすることなく、この先もずっと互いだけを愛し合う関係ならマリエットも望むところだ。

「エル様は私以外に愛を囁かないという認識で合っていますか？」

「ああ」

「一度選んだ番を後で捨てたりも……」

「そんなことは絶対にない。僕の番は死ぬまでマリエット、ただひとりだ」

愛を交わすのも番と呼ぶ相手もマリエットだけ。心変わりをすることなく、竜族はたったひとりを愛し抜く。

「番に捨てられた竜族は心を凍らせて石化する」

「……え？」

「もしも僕がマリエットに捨てられたら、その瞬間に僕は石になるんだ」

――なんですって？

想像していた以上に竜族の番とやらは愛が重かった。マリエットの思考も硬直する。

「それは……なにかの比喩ではなく？」

「違う」

「ですがたとえば、竜族同士の方が番を解消したいと思った場合は……」

離縁という概念が竜族にあるのだろうか。

「番の解消はすなわち死に直結する」

――重い……！

竜族に離縁という概念は存在しないそうだ。

そもそも本能的に結びついている相手と離れたいと思うこともないらしい。

「だからこそ異種族との番には慎重になる必要がある。僕たちが本能でわかっていることも、人間には察することができないのだから」

ひとつずつ感情を言語化し、心を見せないといけない。

人間同士でも言葉足らずになりすれ違いが起きるが、すれ違う可能性を極限まで減らすのだとか。

「もしもマリエットがもう一度僕の番になりたくないと言ったら、僕の心は凍り付いてこの場で石化する」

「そんなにすぐですか⁉」

少々脅迫めいたことを言われているが、それほど番という存在が重要なのだろう。

——私の感情なんて軽く聞こえるほど、番という存在が重いんだわ。

竜族はきっと誰かを愛しすぎる生き物なのだ。そして貪欲に愛を得ようとする。

おとぎ話の生き物だと思っていたが想像以上だった。一度彼らに目を付けられてしまえば、人間が逃れることなどできやしないのだろう。

「マリエットは僕が石になっても生きていける？」

そっと頬を撫でられる。

アレキサンドライトの瞳に宿る感情は揺らめいていた。

彼の不安を消すように、マリエットはそっと手を握る。

「もしもそんなことになったら、私は毎日泣いて暮らすことになると思います」

後悔と懺悔《ざんげ》で胸が押しつぶされて窒息するかもしれない。

贖罪《しょくざい》を求めて修道院に行く未来を想像し、すぐに脳内から追い出した。

「でも、そんな悲しい未来は実現させません。だってエル様は石化なんてしないもの」

一緒に生きていくと決めたのだから離縁もしない。そしてマリエットがエルキュールを拒絶することは二度とない。

「私はエル様の番として、この先ずっと一緒にいると誓います」

「……！」

パアッ……と、エルキュールの顔に花が咲いた。

これほどまでに喜びを表した瞬間を見たことがない。マリエットの胸がキュンと高鳴った。

——笑顔の破壊力がすごい！

ドキドキと胸が騒がしい。

こんな風に喜んでくれるならいくらだって愛を囁きたくなってしまう。

「今のもう一度言ってくれないか。夢ではないと思いたい」

聞き間違いではないのに、エルキュールは再度懇願する。

彼の不安が消えるなら何度でも言おう。マリエットはふたたび「エル様の番になります」と宣言した。

「うれしい……生まれてきてよかった。今日は記念日だ！」

誕生日や結婚記念日以外にも、竜族には番記念日があるようだ。

大げさなほど喜ばれると、もっと早く言ってあげたらよかったと思えてくる。

「番になろう、マリエット！」

「はい」

「では早速」

手早くドレスを脱がされそうになった。

マリエットは思わず「情緒は⁉」と声を上げる。

「ちょっと待ってください！　エル様にとって番になるという宣言は身体を繋げたいということなのですか？」

「そういうわけではないがそうとも捉えられる」

――どっち！

胸元がスースーする。エルキュールの手癖の悪さをはじめて知った。

「マリエットは僕と繋がるのは嫌なのか？」

――うう……ずるい……！

懇願されるような眼差しは卑怯だ。潤んだ目を見つめていると、マリエットが世話をしていた赤子の竜を思い出す。

この目に弱いことを知っているのだろう。そしてマリエットが折れることも。

「嫌じゃない、です……」

「そうか。それならよかった」

先ほどお預けをさせたのはマリエットの方だ。それに人払いをした時点でこうなることはわかっていた。

「でも、長椅子を汚したくはありません」

エルキュールに抱き上げられたまま繋がるとしたら、マリエットが上に乗るということ。二回目でそれは心理的な壁が高い。

「わかった。では寝台に行こう」

軽々と抱き上げられた。力の差を実感する。

子供のときを除いて、男性に抱き上げられたことなどない。エルキュールの腕の力強さを感じ、心臓がドキドキとうるさくなった。

弾力性のある寝台はマリエットの自室のものよりも質がいい。赤子のエルと一緒に眠るようになってから睡眠の質が上がった。

マリエットに覆いかぶさるように、エルキュールは寝台に片膝を載せる。

「やっとマリエットとひとつになれる」

彼は中途半端に脱がせたドレスの隙間に手を差し込んだ。

普段着用のドレスは脱ぎ着が簡単なため、スルスルとドレスをはぎ取られてしまう。

「ん……」

今まで男性に下着姿を見られたことはない。だがエルキュールの裸は何度も見ている。

「やっとマリエットの肌を堪能できる。もっと僕に見せて」

ドレスの下に着ていた胸当てからマリエットの形のいい胸がまろびでた。エルキュールはその魅惑的な双丘をじっと見下ろしている。

「あ、あの……エル様は私と一緒に湯浴みをしていたときの記憶は……」

「ぼんやりと。だからもっとはっきり見たい」

夢の中の映像は時間とともに薄れていくのだろう。そうマリエットは解釈し、気恥ずかしさから頬を染めた。

――み、見すぎじゃない？

ねっとりとした視線が絡みつく。その視線だけでマリエットの肌が焼けてしまいそう。

マリエットは恥じらいながらエルキュールを見つめ、胸当てをそっとずり下げた。

「見ているだけでいいのですか？」

「う……っ！」

エルキュールは急に鼻の付け根を押さえた。マリエットから顔を背けて「ちょっと待ってほしい」と呟いた。慌てたエルキュールも可愛らしい。

ふう、と大きく息を吐くと、マリエットに向けて一息で言い放つ。

「そんな破壊的な可愛さで可愛い台詞を言われたら僕が暴走すると思わないのか」

大真面目な顔で告げられる。

「でも先ほど二度も処理されていましたよね？」

暴走と言われてもピンとこない。一体彼はなにをするつもりなのか。

「たった二回だろう！　僕はマリエットとなら一晩で十回でも足りないぞ！」

「無理です無理です！　多すぎます！」

夜が明けてしまう。毎晩睡眠不足は身体に堪える。

——エル様が言うと比喩じゃないと思えるのが恐ろしい……！

竜族と人間では身体の構造が違うからと言われれば納得しかない。今度マティアスに竜族の平均的な回数を確認しておきたい。

「人間と竜族では体力が違うと思うので、お手柔らかにお願いしますね？」

「うう……わかった。じゃあ何回なら大丈夫か試しながら確認しよう」

「試しながら……今からですか？」

「当然だ」

エルキュールは勢いよくガウンを脱いだ。恥じらいなど一切なく潔い脱ぎっぷりだ。

何度目になるかわからない彼の裸身を見て視線を彷徨《さまよ》わせる。存在を主張する雄の象徴が視界の端にチラチラ入った。

——なんだか先ほどよりも逞しいような……！

何度見てもマリエットは慣れそうにない。この美しい竜に男性器がついていることの方が信じられない。

「赤ちゃんのときはついてなかったのに」

「竜体のときの話か。そんなものを確認するなんて、マリエットはエッチだな」

「なぁ……っ！」

当然下心があって確認したわけではない。顔が沸騰するように熱くなる。

「え、エッチなのはエル様でしょう！」

「今の響きはよかった。もう一度聞きたい」

悪戯めいた笑顔も魅力的すぎて困る。彼はどれだけマリエットにいろんな表情を見せてくるのだろう。

「う……エル様のエッチ」

「わかった、期待に添えられるように頑張ろう」

そんなことを言ったつもりはないのに丸め込まれてしまう。

マリエットはあっという間にドレスをはぎ取られて、残るは下着一枚になった。

「手早すぎませんか……！」

「マリエットの気が変わらないうちに早く繫ぎとめておきたい。それに他の雄に奪われないようにずっと嵌《は》めておきたい」

冗談であってほしいが目が大真面目だ。

「他の男性にとられることなんてありえませんよ」と告げるも、彼は微妙な顔をする。

「竜族なら番に手を出すような愚かな真似はしないんだがな。早くヴィストランドに連れて行きたい」

——そうだった。その問題も残っていたわ。

寝台の中でする話ではないが、今後どうするかは話し合わなければ。

だがそれもゆっくり確認したらいい。

エルキュールの指が下着の紐《ひも》を引っ張った。片紐が解かれた直後、忘れてはいけない問題を思い出す。

「あの、エル様。ひとつ大事な問題が」

「っ！　なんだ？」

まだお預けか？　とその目が語っている。

そういうわけではないが、確認せずに進めるわけにもいかない。

「その、避妊はどうされるのかなと……」

前回はぼんやりしていてあまり覚えていないのだ。

「避妊？　……ああ、そうか。話していなかったか。マリエットが妊娠することはないぞ」

「え？　つまり、私はエル様の赤ちゃんを産めないということですか？」

それは予想外だ。マリエットは当然ながら、いつか自分も母になると思っていた。

――種族が違うと妊娠しづらいことはあるのかも。

「違う、今はまだ妊娠しないという意味だ。人間が竜族の子を孕むには時間がかかる。僕の精を毎日受け入れ続けても、半年から一年は妊娠しないだろう」

「そうなのですね。では数年後にはエル様の赤ちゃんが産めるのですね」

マリエットはホッとした。今はまだ妊娠しない方が助かる。

――いつかは赤ちゃんがほしいけれど、まだエル様との時間も大事にしたいもの。

エルキュールは口許《くちもと》に手を添えた。なにやら堪えきれない表情をしている。

「君は僕の子供を産んでくれるのか……」

「え？　はい、もちろんです……わっ！」

勢いよく抱き着かれた。マリエットの目が大きく見開かれる。

「そうか……そう言ってもらえるだけで叫びたくなるほどうれしい。愛する番から子供を産みたいと言ってもらえるなど……ああ、僕は何度もマリエットからたくさんの喜びを貰っている」

そんな大げさなことを言ったつもりはないが、彼の喜びようを見ると竜族は番になっても子を産まないことがあるようだ。

エルキュールに「女性がほしいと願わなければ子は宿らない」と言われ納得する。やはり竜族と人間では身体の構造も違うようだ。

——もしかしたら寿命が長いから、すぐに子供がほしいとも思わないのかも？　……って、そうだわ。寿命も違うんだった。

竜族と人間とでは生きる時間が違うのだ。

マリエットが寿命をまっとうした後はどうするつもりなのだろう。後追いなどは絶対にされたくない。

——まだまだ話し合わないといけないことがたくさんあるわね。

文化の違い、価値観の違い、身体の違い。それらをひとつずつ共有し、互いを尊重し合う。異文化交流に戸惑うことも多そうだが、新しい発見を得られるだろう。そして自分でも知らなかった側面にも気づかされる。

「私もエル様からたくさんのうれしさと喜びを貰ってますよ。男性を可愛いと思ったのも、美しさのあまり声を失ったのもエル様だけです」

「僕は可愛くて美しいからな」

堂々と言える性格も好ましい。

自己肯定感が高いのも生命力の強さの秘訣《ひけつ》かもしれない。

——私が好きなのは見た目だけではないけれど。

エルキュールの中身も魅力的なのだ。表情、仕草、そして少し困った性格もすべてマリエットの心をくすぐってくる。

「でも、僕の中ではマリエットが一番可愛くて綺麗で美しい存在だ。もう君がいない世界では生きられない」

そう思ってもらえることがうれしい。本心からの言葉だと信じられる。

——あ、キス……。

麗しい顔が近づいてくる。マリエットはそっと目を閉じた。

唇に触れる熱と感触が身体も心も震わせる。

生まれてはじめてキスをした相手と結ばれるなんて、これほどの幸運があるだろうか。自分で選んだ相手と一生を添い遂げられるなんて考えたこともなかった。

——キス、気持ちいい……きっとエル様だから気持ちがいいんだわ。

他の男性とのキスなど考えられない。唇を合わせたいとも、手を触りたいとも思わない。

体温を分かち合う相手はエルキュールだけがいい。彼だけに自分のすべてを曝け出せる。

「マリエット……」

呼吸の合間に名前を呼ばれた。掠れた声が艶めいていて色っぽい。

「ん……」

舌がこすれ合い、ぞくぞくとした震えが背筋を駆ける。

くちゅり、と唾液音が聞こえるだけでマリエットの官能も高められていく。

――もっと……。

マリエットは無意識にエルキュールの首に腕を回していた。

彼から与えられる熱を貪りたくて、蜜のように甘い唾液を飲み干したい。

ギュッと抱きしめると、彼の背中がピクリと反応する。

「……っ、そんなに積極的に求められると……」

先ほどから彼の昂りが当たっている。すぐにでも暴発してしまうと言いたいのだろう。

「積極的な私はお嫌いですか？」

「大好きだ！」

はっきり断言してくれるところも愛おしい。マリエットはついばむようなキスをする。

まだ恥じらいが邪魔をして、自分から舌を絡めるような積極性まではないが。触れる程度のキスなら自分からもしたいのだ。

「ああ……君の香りが濃くて眩暈がしそうだ」

「エル様が倒れたら私が受け止めてあげますね」

「本来ならそれは僕の役目だと思う」

首筋にキスをされながら囁かれた。くすぐったさといじらしさがこみ上げる。

「どちらでもいいじゃないですか。私が倒れたら、エル様はちゃんと受け止めてくれるでしょう？」

「もちろんだ」

互いを支え合える関係になりたい。どちらかに寄りかかるのではなく、困ったときに手を差し出せて一緒に歩めるように。

——たくさん大変なことがあっても、一緒に乗り越えていけたらうれしい。

そっとエルキュールの頭に触れた。プラチナブロンドの髪は手触りがいい。

「マリエット、好きだ。愛してる」

頬にキスをされて、唾液で濡れた唇にもキスを落とされる。

舌先で唇の輪郭をなぞられると、腰がびくりと跳ねた。

「もうこれは不要だな？」

「あ……っ」

マリエットの秘所を覆う下着は片側だけ紐が解かれている。エルキュールは反対側の紐もあっさり解くと、愛液を含んで重みを増した布を取り払った。

「あの、恥ずかしいのであまり見ないで……」

「何故？　こんなにたっぷり蜜をしみ込ませて……これだけで僕を惑わせるには十分だぞ」

「あげないですからね？」

念のためはっきり断っておく。濃密な香りがしみ込んでいるとはいえ、汚れた下着に変わりはない。

「もちろんマリエットの方が大事だが記念に……」

「は、なりませんよ？」

そんなものを記念品として持ち続けられたら恥でしかない。今後肌を重ねる前は、汗を流して身綺麗にしてからになると告げると、エルキュールは手の中の布を床へ放り投げた。

「マリエットの香りが薄まるのは嫌だが、また僕が濃厚にすればいい」

それほどまでに匂いは大事なものなのか。竜族の感性にいささか疑問を持つが、詳しく訊くのは止めておこう。

――異文化交流大事。

身体中の匂いを嗅がれることも抵抗しないでおく。ただマリエットの羞恥心が刺激されるだけなのだから。

エルキュールは形のいい乳房にそっと触れた。宝物を扱うように優しく弄る。

次第にムズムズとした感覚が下腹の奥からせり上がって来た。

胸の頂を指先でクリッと転がされる。そんなささやかな刺激もマリエットの身体は敏感に拾い上げてしまう。

「ン……ッ」

「可愛い。僕に食べてほしいと主張している」

「あぁ……ッ」

舌で赤い実をざらりと舐められた。そのままパクリと食べられる。

やわやわと乳房を弄られながら舌先で丹念に舐められて強く吸われると、身体の奥からぞくぞくした震えが止まらなくなりそうだ。

――お腹の奥が熱い……。

心臓のドキドキも止まらない。子宮は強く収縮し、太ももが擦り合うだけで淫らな水音が響きそう。

エルキュールに胸を吸われているのを直視できない。美しい竜族の王子様がこんなに夢中になるだなんて、夢でも見ているのではないか。

「はぁ……ん」

「全部僕のものだ」

直接肌に吹き込むように呟いた直後、彼はマリエットの乳房にきつく吸い付いた。

「んん……ッ！」

身体に赤い花が咲いた。

エルキュールはその出来栄えをじっと見下ろし、ゆっくりと欝血痕を撫でる。

「はあ、足りない。所有印を刻んでも、次から次へと欲望が溢れてくる。独占欲に支配されそうだ」

そんなに強く求められるとすべてを与えたくなってしまう。

――私があげられるものは全部あげたい。

何度も肌に吸い付く光景に胸を焦がす。たくさん痕をつけて、自分が彼のものだという証がほしくなる。

臍の下までキスをされて、マリエットはたまらず腰をくねらせた。くすぐったさと、下腹の疼きが止まらない。

「うれしいよ、マリエット。僕をこんなにも求めてくれて」

「ひゃあ……っ」

ぐちゅん、と粘着質な音が響いた。たっぷり潤んだ蜜壺に指を挿入される。

なんの抵抗もなく彼の指を二本飲み込むと、まるで奥へと誘うように膣壁が強く収縮する。

「痛みはないようだな」

「ない、です……あ、んっ」

中を優しく刺激された。ひと際感じる箇所を攻められると、無意識にエルキュールの指を締め付けた。

「すごい締め付けだ。君の中も僕を求めてくれているんだな」

「ん……エル様……」

じゅぽん、と音を立てて指を引き抜かれた。

透明な蜜を纏った指が途端に卑猥《ひわい》なものに見える。

「ああ、甘い……すごくおいしい」

「やぁ……！」

見せつけるように舐めないでほしい。

マリエットの身体の熱がさらに上昇する。瞳は潤み、頬も赤く上気した。

濃厚な色香をまき散らしながら愛液で汚れた指を舐めるなんて、直視しがたいほど卑猥だ。

これ以上ドキドキが止まらなくなったら心臓がおかしくなってしまう。

「もう、ください……」

早く彼の熱を味わいたい。ひとつになれば身体の奥の疼きも切なさも止まるはずだ。

マリエットの懇願を受けて、エルキュールはごくりと唾を飲み込んだ。

「そんな涙目でおねだりをするなんて……君はどこまでも僕をおかしくさせたいらしい」

はあ、と吐き出した息にも色香が混ざっているのだろう。

マリエットはエルキュールの声を聞いているだけで酩酊状態に陥りそうだ。

「たくさん僕を味わってくれ」

懇願とともに、グプリと熱い楔が打ち込まれた。

「ン……ッ！」

指とは比べ物にならない質量が隘路を押し広げていく。

苦しいのにドキドキが止まらなくて、早くひとつになりたくてたまらない。

「アァ……」

——目の前がチカチカする……。

両手の指を絡められる。寝台に押し付けられた手の強さも心地いい。

「マリエット……」

苦しそうに眉根を寄せるエルキュールの表情がたまらない。一思いに奥を突きたいのを堪えているのだろう。

汗が滲《にじ》んだ顔も凄絶なまでに色っぽい。

いつも涼し気で、滅多に汗などかかないように見えるエルキュールのこんな表情を見られるのは自分だけだと思うと、得も言われぬ優越感がこみ上げる。

「エル様……もっと」

「——ッ！　そんな可愛いことを言われたら……！」

「アァ……ッ！」

エルキュールの箍《たが》が外れ、次の瞬間には最奥に到達していた。その衝撃が脳髄を痺れさせる。

子宮の収縮が止まらず、挿入されただけで軽く達してしまったらしい。無意識にエルキュールの屹立をギュッと締め付けた。

「グ……ッ」

口から零れた声はエルキュールの余裕のなさを表していた。

ドクドクと血液が沸騰しているように熱くて、そして繋がれた実感をもたらしてくれる。

「エルさま……」

重怠《おもだる》い腕を上げて彼の背中を抱きしめた。素肌が触れ合うのが心地いい。

――あんな大きなものが私の中に……。

ぼんやりしていた思考が動き出すと、彼のものを受け入れていることが不思議に思えた。

内臓を押し上げる感覚は慣れそうにないが、何度も行為を続けていればもっと彼の形に馴染むだろうか。

「好きだ、マリエット。僕を受け止めてくれてありがとう」

「……っ！」

目を見つめられながらそんなことを言われたら愛が溢れて止まらなくなりそうだ。

「好き……私も、エル様が好きです。これからもずっと」

未来のことはわからない。だが、互いを想い合うことを忘れずにいたら死ぬまで好きが続くだろう。

「はあ、たまらない……」

ドクン、とマリエットの中に埋まる楔が一回り大きくなった。

――え?

エルキュールの手が下腹に触れる。ぽっこり膨らんだそこを撫でながら、彼はうっとりと微笑んだ。

「ずっとマリエットの中にいたい」

――それは無理です!

冗談だとわかっているのに、エルキュールが言うと本気に聞こえる。

「どうやったら繋がり続けられるかを考えよう」

「え? いえ、あの、それは無理……あぁ、ンッ!」

律動を開始された。

腰の動きが速まるごとに、マリエットの声は言葉にならなくなっていく。

「はぁ、あ、アン……ッ、アァ……ッ」

「ここを、たっぷり僕ので満たすから……」

ふたたび子宮の上を撫でられた。その感触だけで、マリエットの腰がビクンと跳ねる。

「ンァーーッ」

「グ……ッ」

エルキュールはひと際強く楔を打ち込むと最奥で果てた。じわりとした熱がマリエットの奥に浸透していく。

「はぁ……」

四肢が重怠い。どっとした疲労感に襲われる。

だが萎えたはずの欲望はふたたび力を取り戻した。

——え？

マリエットはゆるゆると腰の動きを再開させるエルキュールを呆然《ぼうぜん》と見上げる。

「君の中がすばらしすぎて持っていかれてしまった。一度出したから、次はもっと時間をかけられる」

「……っ、次？」

「大丈夫だ。マティアスたちは明日の朝まで帰ってこない」

邪魔をする者はいないし、離宮には誰も近づかない。

心置きなく睦み合えると言われるが、マリエットは冷や汗をかきそうになった。

「あの、せめて夕飯まで……お腹も減りますから」

「そうか、では休憩も挟もう」

つまり休憩を挟んだ後にも何戦か待っているということでは……マリエットは笑顔のまま固まる。

「大丈夫だ。君が疲れていても僕がいる。赤子になった僕の世話をしてくれたように、君の世話は僕に任せてくれたらいい」

湯浴みも食事もすべてエルキュールが面倒をみると宣言された。

――それは大丈夫と思えないやつでは……！

「謹んで遠慮させていただき……アァ、ンッ！」

グイッと腰を引き寄せられた。そのまま腕を引っ張りあげられて、エルキュールの上に乗せられる。

「向かい合うとキスがしやすくていいな」

繋がったまま抱きしめられた。臀部《でんぶ》を揉《も》まれキスをされる。

「んんーっ！」

エルキュールの唾液を飲み込むと官能を強く刺激されて思考が霞《かす》む。竜族の唾液にはそのような効能があるようだ。

座った彼の上に乗せられるとマリエットに主導権があるが、好きに動くことは難しい。

「さあ、マリエット。君の気持ちいいところを探したらいい」

「あ……っ」

自分から腰を振るなんて淫らな真似はできそうにない。

「そんな、無理です……」

「ほんとに？　もっとたくさん気持ちよくなれるのに」

キュッと胸の蕾を摘まれた。

「ひゃあ」

不意打ちの刺激に身体が敏感に反応する。少し浮かせていた腰が反動で落ちてしまった。

「んん……ッ！」

びりびりとした電流が背筋を駆けた。強すぎる刺激がマリエットの快楽をさらに引きずり出そうとする。

「あ、ダメ、これ……ダメ……」

「ダメだと言いながら腰を動かすなんて可愛すぎる」

パチュン、と肉を打つ音が室内に響いた。

マリエットの豊かな胸がフルフル揺れてエルキュールの目を楽しませる。

一度気持ちいいことを知ってしまうと、身体がどんどん貪欲に変化していくようだ。もっとほしいと求めてしまう。

「気持ちいいことは悪じゃない。僕と一緒にたくさん気持ちよくなったらいい」

耳元で囁かれた。彼の美声がマリエットの心を震わせる。

「はい……エル様」

ふたりでたくさん気持ちよくなったらいい。

彼の両肩に手を載せて腰を揺らし続けるが、満足なものは得られない。

「でも、エル様……私、うまくできません……」

なにかが物足りない。

それに繋がったまま腰を揺らすだけでは彼を満足させられないだろう。

「もっと君の淫らな光景を見たかったけれど、そうだな。まだ早かったか」

腰を支えられて動かされる。

時折中の雄をギュッと締め付けると、彼の肩がぴくんと動いた。

「マリエット……、そんな風に締め付けられたらまたすぐに出てしまう」

「ん、たくさん出して……」

ぬるぬるとしたものが円滑油になるだろう。

竜族の精を胎内に注がれると、遅効性の媚薬《びやく》のような効果を発揮する。マリエットの思考がふわふわとしだしたのはそのせいだ。

ぐちゅん、と淫らな水音を響かせた直後、マリエットはふたたび仰向《あおむ》けに寝かせられた。

片脚を大きく広げられて、奥深くまで彼を受け入れる。

「あぁ……」

「はぁ、たまらない……」

膝にキスをされた。どこもかしこもエルキュールの所有印だらけだ。

「マリエット……」

アレキサンドライトの瞳がより一層煌めいて見えた。情欲を灯《とも》した目の光が強く輝く。

「僕の愛を受け止めて」

気持ちを言葉にのせて精を放った。マリエットの身体もぶるりと震える。

「ん……溢れちゃ……」

エルキュールの吐精は長くて量が多い。竜族特有のものなのだろうか。

「こぼさないように蓋をしないと」

そう呟いた彼の雄はふたたび力を取り戻す。

──終わりが見えないのでは……。

「あの、ちょっと休憩を……」

「ああ、水分補給をしようか」

だがエルキュールはマリエットと繋がったまま水差しに手を伸ばし、そして口移しで飲まされた。

──愛が濃すぎてくらくらする……。

一向に解放される気配がなくて、マリエットは長い夜を覚悟するのだった。

◆　◆　◆

気絶するように寝入ったマリエットを見つめながら、エルキュールは幸福を噛みしめていた。

――なんて愛らしい寝顔なのだろう。

竜のときからマリエットの寝顔を堪能していたが、心と身体が通じ合った後はより一層彼女への愛が深まっている。

目を閉じているときですら愛らしいのだから、視線が合っただけで他者を魅了してしまうのではないか。

マリエットの緑色の瞳は慈悲深さを表しているかのようで、見つめているだけで癒される。

「可愛いだけでは足りないな。可愛いの最上級の言葉はなんだ？」

愛おしさを上回る言葉がほしい。

天使や女神でも表せられない。番のすばらしさを表す言葉はこの世界に存在しないのかもしれない。

エルキュールが命じた通り、夜中になってもマティアスたちは戻ってこなかった。

もぬけの殻状態の離宮は自分たち以外の物音が一切しない。

エルキュールはマリエットの唇にそっとキスを落とす。

「君が王女より僕を選んでくれて本当にうれしかった。ありがとう」

長年仕えてきた主よりも、出会って二週間しか経っていないエルを優先してくれた。一緒に生きる道を選択してくれて、心が震えるほど感動したのだ。

——マリエットは優しいから拒絶はされないと思ったが。

いささか優しすぎて不安になる。悪い男に騙されても気づかないかもしれない。

番に拒絶されたら石化すると言ったのは嘘ではないが本当でもない。

身体を重ねただけの関係でマリエットがエルキュールを拒絶しても、彼が石化することはない。

エルキュールはそっとマリエットの耳に触れた。

リヴェル国には耳たぶに穴を開ける文化がないようだ。耳飾りはあるが、金具で耳たぶを挟むものが主流らしい。

「ここに僕の血を固めた耳飾りを付けたら、番の契約が成立する」

竜族は成人年齢になると己の血を固めて結晶化させる。その結晶には個人差があり、うろこの色が濃く反映されるらしい。

番契約を結べる年齢は、人間で言う十八歳になってからだ。竜族の成人年齢は二百歳前後。エルキュールも、約百年前に番契約のための耳飾りを作っておいた。

それの出番が訪れるかどうかは運次第。たとえ竜族同士であっても、生きているうちに番と巡り合えるとは限らない。

「月光色の結晶はきっとマリエットの耳によく映える」

エルキュールのうろこと同じ色の耳飾りだ。月明りに照らすとキラキラ光る。

ヴィストランドでは耳に飾りをつけている者は伴侶がいる証だ。普通の人間は全員番として連れて来られた者たちなので、当然ながら耳飾りをしている者しか存在しない。

そして耳飾りは番契約を結んだ人間の身分証にもなる。

――穢《けが》れを知らない純粋なマリエットの耳に僕が穴を開けるなんて……ぞくぞくするな。

竜族は番を決して傷つけないが、番契約だけは別である。

互いの耳たぶに針を刺して金具を通す。手順はたったそれだけだが、考えるだけで緊張と興奮に支配されそうだ。

――僕の耳にはマリエットの目と同じ宝石をつけよう。

人間の血を固めて結晶化にすることはできないし、マリエットに血を流させたいとも思わない。人間を伴侶に迎えるときは、相手の瞳の色の宝石で代用することが多い。

エルキュールはそっと首をさすった。

この数日間、毎朝マリエットの瞳と同じ緑色のリボンをつけていたのに、なにもないことが少々寂しい。

――リボンをねだっても、今の僕にはつけてくれないだろうな。

フェリシアンの血で汚れたリボンはどこへ行ったのだろう。だがたとえ綺麗に洗っても、一度他の男の匂いがついたものを身につけたくはない。

エルキュールはマリエットの部屋から持ってきたバスケットを探した。竜になったエルキュールを運ぶために使ったものだ。

竜のうろこは頑丈なのに、エルが痛くないように布を敷き詰めてくれた。そんな心配りにも感動する。

「あった」

バスケットの底に緑色のリボンが仕舞《しま》われていた。

黒く変色したシミがポツンとついている。

エルキュールは冷めた眼差しでリボンを見つめた。これはもう、自分のものではない。

「燃やすか」

リボンを暖炉に放り投げて、パチンと指を鳴らす。あっという間にリボンだけが炎に包まれた。

リボンの痕跡はもう見つからない。マリエットは灰になったとも思わないだろう。

――彼女がくれたものならなんでも愛おしい。

そうすれば彼女はもっとエルキュールのことを好きになってくれる。

番が選んだ服を着て、番が好きな色を身に着けて、番が好きな餌を用意する。

一度番を得た竜の世界の中心は番になる。そのためマリエットがエルキュール以外の誰かに興味を示したら徹底的にその者を排除したくなるし、彼女の好きなものはエルキュールの好みにもなる。

たとえエルキュールの嫌いな食べ物も好物になるのだから徹底している。

だが、生き物はダメだ。

無邪気に愛想を振りまく犬や猫、鳥でさえも、自分以外のなにかへ一かけらも愛情を与えてほしくない。

番の愛を与えてもらえる権利があるのは番だけなのだ。他の動物には分けたくない。

「僕たちの嫉妬は厄介なんだ」

竜の嫉妬も番への執着も、きっと普通の人間には理解できないだろう。悪趣味にいたぶることがないだけマシである。

マリエットに懸想する男をエルキュールが排除することはない。直接マリエットに手を出したわけでもなければ、危害を加えたら彼女が苦しむのをわかっている。

だがむやみにマリエットを好ましく想う異性を作らせないためにも、早く人間の国から出なければ。竜族に囲まれていた方がマリエットは安全である。

「僕の番が魅力的すぎるのがいけない」

敵は王太子だけではない。王女も油断ならない。

解雇宣言をしたが、いつ撤回をするかもわからないのだ。売り言葉に買い言葉でつい言ってしまっただけに思えた。

情が深いマリエットがエルキュールになにかをねだってきたら……突っぱねられる気がしない。

――明日以降、リヴェルがどう出るかだな。

そしてエルキュールも帰国の準備を進めなくては。

優秀な従者がすでに大方準備を整えているはずだが、マリエットの身辺を整理するにも時間がかかる。

家族への説得と荷物の整理。結婚式についてもどうするか、考えなくてはいけないことが山ほどある。心優しい彼女に我慢をさせたくはない。

「うう……ん」

「っ！」

マリエットが寝返りを打った。

汗や体液など、肌に付着していたものはすべて綺麗に拭っている。濃厚な香りだけでも生殺し状態だった。

ブランケットから垣間《かいま》見《み》えるくっきりした谷間に視線が吸い寄せられる。

ふらふらと引き寄せられて、そっと触れたくなった。

「寝ている女性にキス以上のことをするのは……起こさなければいいか」

葛藤などどこへやら。エルキュールはそっと髪をどかし、首筋を舐めた。

マリエットの肌はどこも舐めても甘い。芳しい香りもする。

——ああ、この匂いを閉じ込めて香水を作りたい。

一体どのように採取をして、香りを再現したらいいのだろう。もちろん自分専用の香りだ。誰かに譲ることはしない。

ついでに自分の香りからも同等のものが作れないだろうか。

マリエットにはわからなくても、同族ならすぐにわかるように。いつでもエルキュールの香りを纏っていてほしい。

そうしたら少し傍を離れても安全だろう。

エルキュールはそっとブランケットの中に潜り込んだ。

◆◆◆

離宮から少し離れた森の中には、散策にちょうどいい大きさの湖が存在する。

木々に囲まれた湖は王族の癒しの場として利用されているためベンチや東屋が設置されており、夜間でも灯籠《とうろう》に明かりを灯せば薄暗さは感じない。

満月の夜は特に明るい。月明りが湖面に反射しキラキラ光っている。

だが幻想的な雰囲気を壊すように、静かな森では少女の泣き声が響いていた。

「嫌よ！　どうしてマリエットがわたくしから離れて、こんなに急に結婚するの？　おかしいじゃない！　絶対に反対よ！」

顔をぐしゃぐしゃにさせて号泣する王女の前で、マリエットは困った顔で立ち尽くす。

「ご自分から解雇宣言をされたのに」

近くに佇《たたず》むジョルジュが口を挟むが、それに反論する気力もないらしい。

ミレーヌは涙を拭うこともせず、「絶対に嫌！」と駄々《だだ》をこねていた。

彼女を近くのベンチに座らせたマリエットは、不思議な感動を味わっていた。

「こんなにも慕ってくださっていたなんて……うれしいです。ありがとうございます、姫様」

人前に出たら淑女として振る舞えるが、親しい人間の前では感情の制御ができないのだろう。

エルキュールと接してから、マリエットは全力で感情をぶつけてくる相手に弱いことを知った。自分の欲望を素直に口に出せる人は見ていて清々《すがすが》しい。

「私も姫様と離れるのは寂しいと思ってますわ」

「だったらお兄様と結婚したらいいじゃない！　ちょっと頼りないけれど顔はいいし優しいし、なんでも言うこと聞いてくれて便利よ？」

「ミレーヌ……頼むから口を閉じてくれ」

王太子は片手で顔を覆っている。便利という表現に心を痛めていそうだ。

——なんでも言うことを聞いてくれる相手と表現するのは問題があるけれど……。

フェリシアンはなんだかんだと年の離れた妹を可愛がっている。時間を見つけてはミレーヌに会いに来ていた日々を思い出した。

「私に王太子妃は務まりませんよ。それに身分が違いますし」

――そういえば殿下から好意めいたものを向けられたような……。

東屋での会話をすっかり忘れていた。エルが王太子を噛んで逃げ出したため、フェリシアンに言われたことはすっぽり抜け落ちていたのだ。

だが本人は忘れてほしいと言っていた。マリエットもこのまま気づかないふりをするべきだろう。

「身分なんてなによ、どうとでもなるわよ！　きっとマリエットは騙されてるんだわ！　あなたの元婚約者だってモルガン伯爵家から廃嫡されたそうじゃない。しかも不正をやらかしてたんでしょう？」

マリエットの婚約が解消されてから早々に、元婚約者のナルシスは職を解雇されている。元々は王宮内の美術品を管理する部署にいたのだが、こっそり贋作《がんさく》とすり替えて本物を売っていたのだとか。

その話を持ちかけたのが浮気相手のエマール伯爵家だそうだ。

ひとつの不正から芋づる式に次々と不正が暴かれたと知ったのはつい数日前のこと。さすがのマリエットも驚いた。

——そこまで愚かな人だったなんて思いたくなかったけれど、人ってわからないものね。

外面がよくて顔立ちも整っていたため、黙っているだけで女性からちやほやされる男だった。モルガン伯爵家からも廃嫡され、社交界からも追放となると彼がリヴェル国内で生きていくのは難しい。恐らく外国で一から労働するしかないだろう。

そしてエマール伯爵家の方が罰は重い。領地と私財を没収され、ナルシスの恋人のアネットは修道院送りとなった。

「あの男との婚約解消はよかったけれど、そのすぐ後に結婚だなんておかしいじゃない。絶対騙されてるんだわ！　あなたは優しすぎるからダメな男がつけ入るのよぉ！」

正面からダメな男に騙されやすそうだと言われると、そうかもしれないと思えてくるから不思議だ。

——押しが強い男性に弱いところはあるかも……。

だが全力で「好きだ」「愛している」と好意を向けられるのは心地いい。心の奥がポカポカと満たされる。

自己肯定感が低いわけではないけれど、好きな人からの好意は心を安定させてくれるのだ。

「そうかもしれないですが、でも姫様。少し残念だと思える相手でも可愛いと思ってしまったら、もう抜け出せなくなってしまうのですわ」

「え？　なによそれ。もっと詳しく」

ミレーヌはぴたりと泣き止んだ。

フェリシアンが待ったをかける。

「マリエット、その手の話は妹にはまだ早い」

「全然早くないわよ！　むしろ早めに聞いておいた方がいいじゃない！」

王女は脊髄反射のように王太子に噛みついている。全力で泣くか怒るかしかしていない。

こんな賑やかな時間と離れるのはやはり寂しい。

いろいろと大変なことも多かったが、侍女として過ごした三年間はかけがえのないものだった。まさか国を離れることになるとは思わなかったが、人生とはなにが起こるかわからない。

「しかもなんで夜にお別れなのよ？　やっぱり変よ！　わたくしのマリエットをどこの馬の骨ともわからない男になんてやれないわ！」

「僕は馬の骨ではないしマリエットは僕のものだ。君のマリエットではない」

「エル様」

声だけでわかる。マリエットは後ろを振り返った。

「待たせてすまない。随分盛り上がっていたようだな」

エルキュールはフェリシアンに視線を移す。王太子は苦笑いをした。

「騒がしくして申し訳ない」

「いいや、おかげですぐに居場所がわかった」

エルキュールはくるぶしまであるローブに身を包んでいた。旅装姿なのだろう。

「だ、誰？」

ミレーヌは呆けたように呟いた。瞬きを忘れて、突然現れた美男子を食い入るように見つめている。

月明りをキラキラと反射させるプラチナブロンドの髪は、夜になると一層美しさを増すようだ。湖面の近くに佇むだけで国宝級の絵画のよう。

「どこの馬の骨ともわからない男だが？」

「殿下、それ気に入りましたね？」

マティアスと数名の護衛も後からやって来た。すべての荷物をまとめ終わったようだ。

「ミレーヌ、彼はマリエットの婚約者のエルキュール殿下だ。ヴィストランドの第二王子と言えばわかりやすいか」

フェリシアンの説明を聞いた王女は絶句した。エルキュールはこれ見よがしにマリエットの腰を抱き寄せる。

「僕のマリエットが世話になったな、ミレーヌ王女。あなたはとても心配しているようだが安心していい。最大限の愛を持って僕のマリエットを大切にしよう」

「強調しすぎです、エル様。張り合わないでください」

マリエットはぺしん、とエルキュールの腕を叩いた。十四歳と張り合うなんて大人げない。

「エル様……？　って、あの丸っこい甘たれ竜と同じ名前じゃない」

「ああ、そうだった。少しの間だったが世話になったな。鳥かごに閉じ込められる経験なんてはじめてで新鮮だった」

フェリシアンの顔が笑顔のまま固まった。一瞬で顔色を悪くさせて妹姫を見つめる。

「……聞いていないんだが？」

「嫌ですわ、お兄様。竜を拾って保護したって説明したでしょう？」

「お前が拾った竜は、目の前にいるエルキュール殿下だぞ」

「……はああ⁉」

王女らしからぬ絶叫だ。

――そうよね、そうなるわよね……。

マリエットは赤子のエルを思い出していた。泣き虫で甘えん坊な竜の子が、隣にいる絶世の美男子だなんて誰が想像できよう。

「あの赤ん坊がどうして今はこうなっているのよ⁉」

「話せば長いのですが、いろいろありまして……」

簡単に番であることを説明する。エルキュールは赤子になったときの記憶は朧気《おぼろげ》にしか覚えていないことも告げた。

「じゃあマリエットの嫁ぎ先って……」

「はい、ヴィストランドです」

数日前にマリエットの両親への挨拶は終わらせた。エルキュールもふたりと挨拶を交わし、必ず定期的に手紙を届けることも約束した。

思い出すとしんみりしてしまうが、両親と二度と会えなくなるわけではない。遠い外国に嫁いだら頻繁に帰ってくることはできないが、マリエットが頼めば彼らに会いに行くことはできるだろう。

「一度行ったら帰ってこられなくなるところじゃない！　やっぱり絶対嫌よ！」

「ミレーヌ様、マリエットさんが決めたことですよ」

「でも、でも～！」

ジョルジュに宥められるが、王女は納得ができないらしい。

「二度と会えなくなるわけではないですわ」

「本当に？　年に一度帰国できる？」

「えっと、それは……」

ちらりとエルキュールを見上げる。帰国できるかどうかは彼次第だ。

「それともヴィストランドの王子様は毎年帰国したいというささやかな願いさえ叶えられないほどの甲斐性《かいしょう》なしなのかしら」

一息で言い切った。後ろでマティアスが噴き出している。

「僕が甲斐性なしかどうかはマリエットが判断することだ。マリエットが毎年里帰りをしたいと言うならそうしよう」

「本当ですか？　ありがとうございます、エル様。うれしいです」

出不精で引きこもりの竜族が国外に出るなど滅多にない。番のおねだりの威力を改めて目の当たりにした。

「さて、そろそろ別れは済んだな？」

エルキュールの問いに頷いた。これ以上長居をしていたら決心が鈍ってしまう。

「ところでエル様、近くに馬車はないようですが……」

「そんなものはいらんぞ」

「え？」

確か国を出るまでは馬車を利用すると聞いていた。人目につかない場所から出るために、この湖の近くを指定したと言っていたが……。

マリエットはエルキュールの服に視線を向ける。くるぶしまで覆い隠す厚手のローブの下になにを着ているかはわからない。

――ブーツを履いているけれど、まさかその下は裸なんてことは……。

今まで気にならなかった風に意識が向いた。

ぴゅう、と突風が吹いた途端、マリエットは正面からエルキュールに抱き着いた。

「マリエット！　そんなに僕と密着したいのか……！」

「エル様、この下に服は？」

　エルキュールの感動をさらりと無視し、マリエットは万が一のことを考えてローブがめくれないように身体全体で阻止していた。特に未成年の王女には見せられない。

「服は邪魔だ」

「……っ！」

　――やっぱり全裸！

　エルキュールを木の陰に隠さなくては。とんでもない参事を引き起こしてしまう。

「服を着ていないなんて変態だわ！　マリエット、今すぐ結婚は考え直すべきよ！」

「僕は変態じゃない」

　王女の発言にムッとして言い返しているが、誰も否定はできない。

　エルキュールはマリエットをギュッと抱きしめるが、名残惜しそうに腕を放した。

「変化するのに服を着ていたら破いてしまう。いちいち台無しにしていたらゴミが増える。本来ならこれすら邪魔なところだが」

「待って、それはダメです！」

　ローブをクイッと引っ張った。その瞬間、エルキュールのふくらはぎがチラリと見えた。

「変化とはつまり、竜になるのか。ここで！」

フェリシアンの声が弾んだ。ジョルジュの目も輝いている。

「そういうことだ。……ああ、そうだ。フェリシアン殿下、指の傷は大丈夫だろうか」

エルが噛んだ指にはまだ薄っすらと傷が残っていた。

「問題ない。気にしないでくれ」

「そうか。綺麗に治せと言われたら僕が丹念に傷口を舐めるところだったが……」

エルキュールは不敵に笑った。冗談なのか本気なのかわからず、フェリシアンの笑顔は凍り付く。

「姫様は後ろを向いていてください」

マリエットはミレーヌを反転させた。

「なんで私だけ？　こんな機会は一生に一度も来ないかもしれないのに！」

「姫様のためなんです！　理想が高くなったら大変ですから」

美の権化のようなエルキュールの裸体まで見てしまったら、王女の将来が不安になる。身近な男性には目を向けなくなるかもしれない。

マリエットも同じく背を向けると、背後から息を呑む気配を感じた。

「もういいですよ、マリエット様」

マティアスの声に従う。

先ほどまでエルキュールが立っていた場所には白銀に輝く竜がいた。

「……すごく綺麗」

赤子のエルとはまるで違う。四頭馬車よりもさらに大きい。

圧倒的な迫力と気高さを感じさせる。

「なんて美しいんだ……」

呆けたようにフェリシアンが呟いた。

「ふん、当然だ」

竜の口から発せられた声はエルキュールのものだ。

「皆さんは運がいい。エルキュール殿下は我が国でも特別美しいとされる月光色のうろこを持った貴重な竜ですからね。王族でも隔世遺伝で稀《まれ》に現れるかどうかわからない、千年に一度の竜と呼ばれているのですよ」

マティアスが鼻高々に説明する。そんな貴重な竜だったとは知らず、マリエットも絶句した。

──僕は美しいからな、ってよく言っていたけれど……まさかそういうことだったの⁉

貴重なうろこを数えきれないほど触っていた。

そしてこれからどうするのかを見守ると、マティアスと数名の護衛が手際よくエルキュールの背中に鞍《くら》をつけた。

「さあ、マリエット様。どうぞ」

「……はい？　いえ、どうぞとはどういう……」

「マリエット様の専用の椅子ですよ。あ、風が強いと思うので殿下が着ていたローブをまとっておいてくださいね。裸の上に着ていたものなので抵抗あるかもしれませんが」

「一言多いぞ」

マティアスに手渡されたローブは厚手でずっしりとしている。マリエットが着たら引きずるだろう。特殊な素材で作られたもので、ヴィストランドから持ってきたらしい。風を通さず体温を維持できる優れものだ。頭まですっぽりとフードで覆える。

「わ、私、高いところって得意では……」

「すごいわ、マリエット。竜の背中に乗って輿入《こしい》れなんて貴重すぎる体験よ！　お兄様、わたくしのときもこれがいいわ！」

「無茶《むちゃ》を言わないでくれ」

盛り上がっている人々を見て、マリエットは黙ってエルキュールの背中に乗った。もはやマリエットには断る選択肢はない。

マティアスの手を借りながらエルキュールの背に乗った。思った以上に高さがあるが、不安定さはない。

「きちんと安全ベルトもありますからね。ブランケットと飲み物はこちらに。あとは寝てていいですよ」

起きたらヴィストランドに着いている。夜を選んだのは人目につかないようにするだけでなく、マリエットが眠っている間に移動できるようにしたそうだ。

――これは予想外すぎたわ……！

羨望の眼差しを受けるが、早くも涙目になりそうだ。

マティアスたちも竜化し、エルキュールの空の護衛を勤める。

「またね、マリエット！　お土産話楽しみにしてるわ」

先ほどまでは結婚を反対していた王女も、すっかり竜の迫力に負けてしまったようだ。すでに来年の里帰りを楽しみにしてくれている。

「ありがとうございます、皆さん。それでは、お元気で」

竜の羽が風を起こす。

幸いエルキュールの背中につけられた鞍には手すりもついていた。吹き飛ばされないように必死に握りしめていると、あっという間に地上を離れていく。

「さて、空のデートを楽しもうか」

エルキュールの声が風に乗って耳に届くが、落ち着ける状況ではない。

――デートと呼ぶには壮大すぎるのですが……！

ローブのあわせと手すりを握りしめながら、マリエットは早くも気絶しそうになった。

第六章

ヴィストランドは空の国である。地図上には存在せず、翼を持たない人間が到達できる場所ではない。

目が覚めると、マリエットは真っ白な宮殿の温室にいた。寝台は大人が十人は寝られそうなほど広く、その中心に横たわっている。

――お花の匂い？　いい香り。

寝台を囲むように咲く花は白とピンク色をしており、とても華やかだ。一見薔薇に似ているが恐らく別の品種だろう。

――ここは天国かしら。

もしかして自分は死んでしまったのかもしれない。それほど現実味がなく幻想的な美しさだ。

マリエットは近くに置かれていた水差しに手を伸ばし、喉を潤わせた。

「……甘いわ」

ただの水に見えるのになにかが違う。今まで水を甘いと感じたことなど一度もない。

「起きたか、マリエット」

「っ！　エル様」

温室に現れたエルキュールは白と金を基調にした軍服を纏っていた。彼はなにを着ていても様になるが、その服装は予想外だ。

「エル様、その恰好《かっこう》は」

「僕の普段着だな」

――意外だわ。

もっとゆったりとした服装を想像していたが、竜族はマリエットが思っている以上に武闘派なのかもしれない。

脱ぐのは面倒そうだが、彼らはそう頻繁に竜体にはならないのだろうか。

「体調は大丈夫か？　お腹が減っただろう。軽食を持ってきた」

「ありがとうございます。あの、ここはもうヴィストランドなのですよね？」

「ああ、そうだ。僕の宮殿だ。この温室は昼寝をするのに最高に気持ちいい。君も気に入るんじゃないかと思って」

――僕の宮殿？

まさか王族はひとりずつに宮殿があるのだろうか。想像していた以上にヴィストランドは裕福なのかもしれない。

――謎が多くて、私の常識なんて通用しない気がする……。

酸素が薄くて息苦しいということもない。身体の不調もなさそうだ。

「あの、この辺には川でもあるのですか？　水音がするようですが」

「ああ、すぐ近くに滝を作ったんだ。水の音は癒されるだろう？」

そう簡単に作れるものなのだろうか。しかもエルキュールの言い方はまるでマリエットのために準備したとでも言いたげだ。

「そうですね……水の音は心が落ち着きますね」

早速常識を揺さぶられて心臓が驚いている。マリエットは意識的に思考を止めた。

――ここでの常識に早く慣れないと。毎回異文化に驚いていたら身体がもたないわ。

「さあ、食べよう。冷めてもおいしいものを用意したんだ」

エルキュールは木のトレイに乗せた軽食をシーツの上に置いた。

寝台に座りながら食べるなんて行儀が悪いと言われてしまう行為だが、ここでは気にしなくていいのかもしれない。

「ベーコンときのこのキッシュと、芋をすりつぶした冷たいポタージュ、鶏肉の燻製《くんせい》とチーズを挟んだサンドイッチ。軽いものがよければ果物もある」

マリエットの腹が空腹を訴えた。さほど食欲を感じていなかったが、目の前にある食事を眺めているとお腹が空《す》いてくるようだ。

「ありがとうございます。いただきます」

「どれがいい？　まずはポタージュがオススメだが」

「ではポタージュを……」

マリエットが器に手を伸ばす前にサッとエルキュールが器と匙《さじ》を取った。適量をすくい、マリエットに差し出す。

「え？」

「遠慮することはない。僕が食べさせよう。可愛い口を開けて」

「っ！　いえ、自分で食べられますので……ん！」

すかさず口に入れられた。甘味《あまみ》のある冷たいポタージュが口内に広がる。

――おいしい！　って、まさか全部エル様が食べさせる気なんじゃ？

「口に合うか？」

「はい、おいしいですが」

「よかった。お替わりもあるから遠慮しなくていいぞ」

「いえ、自分で……ん！」

次から次へと口に運ばれていく。抵抗する間も与えないようだ。

あっという間にポタージュの器が空になった。エルキュールはキッシュを一口分に切っている。

「エル様、自分で食べられますので」

「嫌か？　君が本当に嫌なら仕方ないが……、僕から番《つがい》の世話をする喜びを奪わないでほしい」

――その言い方はズルいと思う……！

しゅん、と落ち込まれる姿に弱い。マリエットの母性本能が刺激されてしまう。

「んんん……では、ふたりきりの時でしたら……」

「ありがとう、マリエット。はい、あーんして」

なるべく早く番になった竜の習性について勉強しておかなくては。一般的な番の関係も把握しておかないと取り返しのつかないことになりそうだ。

自分で食べるよりも倍の時間をかけて食事を終えた。

「ごちそうさまでした。おいしかったです」

「口に合ったようでよかった」

エルキュールの微笑にはどことなく緊張も混じっていた。

アレキサンドライトの視線が潤み、なにやら言い出しにくいことを告げようとでもしているようだ。

「お手洗いに行かれるようでしたらどうぞご遠慮なく」

「いや、違う。そうじゃない。……その、番についてなんだが……きちんとした契約を執り行う必要があるんだ」

「そうなんですね。なにか届出を提出しますか？　番管理局みたいなところはあるのでしょうか」

リヴェル国では貴族の婚姻は王宮に届出を出す必要がある。婚約時に国王の承認をもらい、婚姻は署名を提出するのみで終わりだ。

「管理局と呼ぶほどの機能は果たしていないが、一応〝番届〟を提出する義務はある。人間たちで言う婚姻届のようなものだな。だがその前に、僕たちふたりが契約の儀式を行わなければいけない」

「儀式？」

なにやら仰々しい響きだ。

「それはどのような……？　私にでもできるものでしょうか」

「もちろんだ。時間はそんなにかからないんだが……」

なにやらエルキュールの言葉の歯切れが悪い。躊躇いがあるようだ。

マリエットは根気強くエルキュールが言いたくなるまで待つ。じっと彼を見つめていると、エルキュールはグッと眉間に皺を刻んだ。

「……耳たぶに、針を刺すんだ」

「針？」

「針で貫通した穴に、僕が作った耳飾りをつけてもらう」

エルキュールは懐から小箱を取り出した。天鵞絨張りの小さな箱には、月明りを閉じ込めたような丸い宝石がついていた。エルキュールのうろこの色に似ている。

「すごく綺麗。ほのかに金の発色もあって、美しい色ですね。エル様のうろこみたい。これを私がいただいていいのですか？」

「ああ、それは僕の血の結晶だ」

竜族は成人年齢になると、番を見つけた時のために己の血を結晶化させておくそうだ。結晶化させた血液の色は個人差があり、うろこの色が出ることが多いらしい。

――ちょっとびっくりしたけど、そういう文化があるのね。

耳飾りをつけた後はなにをするのだろう。マリエットは先を促す。

「それで、続きは？」

「それだけだが」

耳飾りをつけるだけなら、なにをそんなに躊躇っていたのだろう。

マリエットは「すぐに終わりそうですね」と告げると、驚いた表情を向けられた。

「すぐに？　こんな罪深い儀式をすぐにだって？」

「ちょっと針を刺して穴を開けるだけですよね？」

「ちょっと⁉　マリエットはわかっていない。全然わかっていない！　番に傷をつけるんだぞ？　血を流させる行為を強いるなんて罪深いだろう。僕の心臓が破裂するかもしれない！」

「そんなに⁉」

エルキュールはうめき声を上げて項垂《うなだ》れた。番に怪我を負わせることをこれほどまでに嫌がるなんて、愛が深い生き物は大変だ。

――少しわかったかも。契約の儀式を経て愛情をより深めるということなのでは。

竜族同士だともっと苦悩しそうだ。

傷をつけてしまったという負い目を感じながらも相手に自分の一部を着けさせるという満足感を得て、互いを支え合うのだろう。

「あの、エル様が嫌なら私が自分の耳に穴を開けますが」

「なっ！　ダメだ！　傷つけたくないけど君を僕のものにするという背徳感で押しつぶされそうな経験から逃げるわけには」

「は、はあ……」

やりたくないけどやりたい。相反する感情がせめぎ合い、エルキュールは苦悩しているようだ。

「それにマリエットは僕の耳に穴を開けることになる」

「私もですか？　でも私は血の結晶なんて無理ですよ」

指先から血を垂らす程度のことで十分な結晶が作れるとは思えない。

「もちろんマリエットの血を結晶化させることはない。君の瞳に合わせて、緑色の宝石の耳飾りを選んでおいた。だがこれはあくまでも仮に身に着けるもので、後日マリエットに僕に似合う緑の耳飾りを選んでもらいたい」

緑というのは確定しているらしい。マリエットの色を纏いたいという願いが胸をくすぐる。

「最初から私が選んだものをつけたらいいのでは」

「儀式を終えていない番を外に出すわけにはいかない。この契約を終わらせない限り、マリエットはこの宮殿からは出られなくなる」

人の場合は身元の保証としても使われる。だがきっと未契約の番を他の雄に奪われないためなのだろう。

――それなら早く終わらせて、エル様を安心させましょう。

マリエットはそっと針を持ちあげた。きちんと消毒済みだそうだ。

「では私からいきますね。あ、でも最初に氷などで耳を冷やしておきますか?」

「いいや、そんなもったいないことはしたくない。君から与えられる痛みは全部覚えておきたい」

「……そうですか」

――痛みをもったいないと言う人、はじめてだわ。

そっとエルキュールの耳に触れる。

その感触だけで、彼はくすぐったそうに身体を震わせた。

――あ、耳たぶ柔らかい。気持ちいい。

ふにふにと弄っていると、次第にエルキュールの息が荒くなってきた。

「ん……ダメだ、マリエット。儀式中に僕の興奮を煽るなんて」

「してませんよ⁉」

膨らんだ下半身からは目を背けて、マリエットは一思いに右の耳たぶに針を刺した。

「――ッ！」

「すみません、ちょっと我慢しててください……えっと、こうかしら？」

素早く針を抜いて耳飾りをつけた。

小さな緑の石がエルキュールの右耳を彩っている。

左右対称になるように位置を気を付けて、反対の耳たぶにも針を刺した。両耳にしっかりと耳飾りの金具を通す。

「できました。どうでしょうか」

あらかじめ用意されていた手鏡を見せた。予想していたような出血はなくてホッとする。

「うれしい……ありがとう、マリエット。これで僕は君のものになった」

大げさではなく本心なのだろう。

――なんだか私も、エル様を私だけのものにできた優越感みたいなものが湧き出てくるみたい。

双方合意の元、愛する人の身体に傷をつける。そんな背徳感に似た行為が心を震わせる。一生消えることがないものを共に背負っていくのだと、覚悟を問われているようだ。

「次は僕の番か……」

エルキュールは新しい針を持ったまま眉根を寄せていた。うめき声を出しそうなほど苦しむ姿を見ていると、言葉にならない愛を実感する。

「多分チクッとする程度だと思うので、あまり緊張しないでくださいね」

「僕の痛みはご褒美だがマリエットの痛みはただの苦痛だろう」

――すごく誤解を招きそうな発言！

気にしてくれることはありがたいが、緊張が伝わってきそうだ。マリエットはエルキュールを落ち着かせるために彼の手を握りしめる。

「大丈夫です、エル様。たとえ痛みで泣いても止めないでください」

「君が泣いたらどうしていいかわからなくなる」

「そしたら抱きしめてキスをしてください」

安心感を貰えたら、マリエットはなんだって耐えられそうだ。

――針を刺すくらいで騒ぐのは大げさかもしれないけれど。

貴族令嬢の嗜《たしな》みとして子供の頃から刺繍《ししゅう》をさせられてきた。指を穴だらけにしたことは何度もある。

　エルキュールは優しくマリエットの耳たぶに触れる。狙いを定めて針の先端を押し当てるが、彼の手はプルプル振動していた。呼吸も不規則に乱れている。

「……ああ、僕の方が泣きそうだ」

「今日はやめましょうか。また後日でも」

「なんでマリエットはそんなに肝が据わってるんだ？　男前すぎるぞ！」

「そうでしょうか。では私は目を閉じているのでエル様に委ねます」

「全面的に信頼してくれるのか……わかった。いくぞ」

　マリエットの耳にプチッとした音が聞こえた気がした。

「ン……」

　右耳からじんじんとした痺れを感じる。耳の穴に金具を通される感触が少し慣れない。

「あともう一回ですね」

「ああ……いくぞ」

　左耳にも針が貫通した。痛みと痺れを我慢している間に手早く金具がはめられた。

「終わりましたか？」

「うん、終わった。痛みは大丈夫か？」

「ちょっと痺れてますね……しばらく痛むかも」

エルキュールの渋面が近づく。敏感になった左右の耳をぺろりと舐められた。

「ひゃあ！」

「そのままじっとしてて。痛みが和らぐはずだ」

傷口を舐めるなんて動物的だ。きっと竜族の唾液にはマリエットが知らない効力も隠されていそうだ。

しばらくじっとしていると痛みが落ち着いてきた。

「ありがとうございました。もう大丈夫です。耳飾り、本当に貫通してますね……すごく綺麗です」

リヴェルでは耳たぶに穴を開けて装着する耳飾りは一般的ではない。耳たぶに挟むことの方が多いが、落ちやすいのが難点だ。

「番がいる証になるがもうひとつ。人間の場合は竜族の血の結晶を四六時中触れることで、身体が早くヴィストランドに馴染みやすくなる。君の身体は僕たち竜族に近づくと考えたらいい」

身体が馴染めば妊娠も可能になる。

マリエットはもうひとつの大事な懸念点を思い出した。

「でも、私は人間なのでエル様と同じ時間は生きられませんよね？」

本来なら番になることを決めた時点で訊くべきことだった。竜族と人間が番になった場合、残された竜族はどんな末路を辿《たど》るのだろう。

——確認するのが怖くてつい後回しにしてしまったわ。

悲しい未来は嫌だと項垂れそうになったが、エルキュールは「問題ない」と答えた。

「番の儀式を終えて、マリエットの身体が妊娠できるようになったら、君の体内に流れる時間は僕と同じになる。番というのは伴侶と同じ時間を共有するものだ」

「え？　つまり、私もエル様と同じくらい生きられるということですか？」

「ああ、僕の寿命があと何百年かはわからないが、僕の寿命が尽きるときに君の時間も終えることになるだろう」

——本当に、最期まで番は一緒ということなのね。

大切な人を置いていくことにはならない。ただ、リヴェルに残されたマリエットの家族と大事な友人たちは見送ることになる。

ほんのりと切ない気持ちになったが、それを言葉にすることはない。

「……エル様、やっぱりリヴェルには毎年里帰りをさせてください」

「もちろんだ。君の願いならなんでも叶えよう」

会いたい人には会えるうちに会わなければ、いつか後悔することになる。

そっと唇を重ねながら、マリエットは彼の優しい体温に身を委ねていた。

エルキュールの宮殿はヴィストランドの王宮からさほど離れてはおらず、空を駆けても一時間程度で到着した。

門も窓も、竜のまま入れるようになっている。エルキュールは正門からではなく、王宮の中間に位置する東の門から入った。

◆
◆
◆

「お……っ、きい……」

マリエットは見るものすべてに目を奪われる。調度品等は人間と同じ大きさだが、天井はとてつもなく高くて通路の横幅も広い。

王宮内を移動するには馬車が必要では？　と錯覚しそうだ。

「まったく、本当ならまだ僕の花嫁を披露するに早いと思うんだが、祝い事は早くしろとうるさくて困る」

ぶつくさ文句を垂れるエルキュールは盛装姿をしている。額をすっきりと上げた髪型だけでドキリとしそうなほど麗しい。

「まさか夜にパレードをするなどはじめて知りました……」

急に王宮に行くことを知らされたマリエットは、侍女たちの手によってあっという間に花嫁衣裳《いしょう》に着替えさせられた。純白のドレスは上質で軽やかで、爪で引っかかないか不安になる。

――すごく綺麗で宝石まで縫われてて繊細なドレスだけど、身体にぴったりすぎて……！

どうやってサイズを測ったのだろう。エルキュールが伝えたのだろうか。

リヴェルで着ていたドレスとは違い、花嫁衣裳のドレスのふくらみは控えめで身体の線を拾う。臀部から太ももまでぴったりしていると、露出をしているわけではないのに心《うら》もとない。

首から鎖骨の下までは繊細なレースが肌を隠し、肘上まであるレースの手袋も着用している。肌の露出は肩の一部だけだが、重苦しさを感じさせない。

「やっぱり帰ろう、マリエット。今日の君は綺麗すぎる。いつもは可愛いが勝つのに今日は極上に綺麗だなんて、僕以外の竜たちに見せる必要はない」

「なに言ってんですか、殿下。ダメに決まってるでしょう」

マティアスが呆《あき》れた声を出した。ヴィストランドに来てから数日が経過しているが、彼の姿を見ていなかったため随分久しぶりに感じる。

「一体何年ぶりのお祝い事だと思ってるんです？　国王両陛下のご成婚以来ですよ」

軽く五百年ぶりの慶事だと言われれば納得がいった。寿命が長すぎると結婚も急がないのかもしれない。

未婚の王太子の番は未だに見つかっていないが、第二王子のエルキュールに番ができたことは国内で瞬く間に広がったそうだ。

――エル様のご両親は軽く七百歳を超えているとは思えないほどお若かったわ……。

水色がかった銀髪が美しい国王と、エルキュールとよく似た顔立ちの王妃。人間で言うとまだ三十代に見えたが、彼らは老化しないのだろうか。

「あの、それでパレードというのは具体的にはなにを……？」

「馬車ならぬ竜車に乗っていただくだけですよ。王宮を出て一時間ほど国内を駆けてもらうので、マリエット様はにこやかに手を振ってください」

「その、竜車？　を引いてくださるのはマティアス様ですか？」

「いえ、実は名乗り出てくださった方がいまして……」

「私だ」

聞き覚えのない第三者の声が響いた。現れたのは紫黒色の髪をした青年。

「兄上！」

──え？　王太子殿下!?

顔立ちはエルキュールよりも男性的で、長い紫黒色の髪は絹のように美しい。後ろ姿だけを見たら女性にも見えるが、長身で肩幅はがっしりとしている。そして目の色はエルキュールと同じだ。

──竜族の皆さんは整った顔立ちの方しか存在しないのかしら……。

破壊力のある美形に早く慣れなければ、心臓がいくつあっても足りない。

「弟の晴れ舞台に兄である私も役に立ちたくてね。立候補してみたんだ。あなたがエルの番のマリエット嬢かな？」

「は、はい。お初にお目にかかります、王太子殿下」

「そんなに畏《かしこ》まらないでいい。私たちは家族になったのだから。私の名前は……呼ぶのが面倒だからライとでも呼んでくれ」

――そういえばエル様も、名前がとても長いと仰っていたような……。

マリエットはおずおずと「ライ様」と呼んだ。

「お義兄様という響きも憧れなんだが」

「兄上、その辺で。僕のマリエットが困ってます」

「そうか、それは悪かった。気が向いたら呼んでくれるとうれしい」

――エル様の周りには個性的な方が多そうだわ……。

そして笑顔が眩しい。エルキュールと並ぶとキラキラしたものが飛んできそうだ。

「ではそろそろ時間なので。マリエット様、空中デートとでも思って楽しんできてください」

マティアスがざっくり締めくくり移動を促す。東側の門には窓を大きくくりぬいた車が用意されていた。

エルキュールに手を引かれて車に乗る。座面はふかふかしており、長時間座っていても疲れにくそうだ。

「エル様、本当に王太子殿下おひとりだけで大丈夫なのでしょうか？」

「心配はいらないが、実物を見た方が早いな」

その直後、なにか大きな影が隣を通り過ぎた。マリエットは窓枠から顔を出す。

「えっ！　大きい……！」

紫黒色に輝く竜だ。エルキュールよりも二回り近く大きくて圧倒される。

うろこの色は遺伝性ではなく個人の特性が強いのだろう。だがアレキサンドライトの瞳は王族特有らしい。

「エルの美しさには敵《かな》わんと思うが、私も十分美しいだろう？」

竜の声が低く響く。表情は読み取れないが、どことなくからかいを含んでいそうだ。

「はい、とても美しくて……エル様とライ……お義兄様が並んでいる姿を見てみたいですね」

きっと二頭の竜が並んだ姿は圧巻だ。絵心があれば絵画にしたい。

合図と共に竜が動き出す。身体にしっかり安全ベルトを巻いているが、マリエットは隣にいるエルキュールに抱き着いていた。

「ああ、マリエットの方から抱き着いてくれるなんて……！　兄上、ありがとう」

エルキュールも抱きしめ返した。その腕の力強さが頼もしくて命綱でもある。

「大丈夫だとは思ってますが、さすがにちょっと怖いので……！」

ガラガラと車輪が加速し、そしてガクンッ！　と落下した。

「きゃあああ……！」

ぎゅうぎゅうにエルキュールに抱き着く。彼はまったく動じた様子はない。

「この落ちる感覚がたまらないが、人間には刺激が強すぎたかな」

竜の羽が空を切る。風の音が落ち着くと、重力と共に傾いていた身体も安定した。

——心臓に悪い……！　こんな経験は一生に一度だと思うけれど！

最初の落下だけが絶叫するほど恐ろしかったが、その後の飛行は安定していた。澄み切った夜空を飛行するという幻想的な体験に胸が躍り出す。

「ほら、見てごらん。たくさん灯りがついているだろう」

「綺麗ですね。ここは街なのでしょうか？」

「ちょうど王都の周辺だな。あれはすべて僕たちを祝福する灯りだ」

「え？　あんなに!?」

街も家も、すべてに灯りをつけているのではないかと思えるほどの明るさだ。そして外に出ている竜族も皆なにかしらの灯りを手にしている。

「手を振ってあげるといい。彼らも喜ぶ」

「こ、こうでしょうか」

ぎこちない動作で手を振った。笑顔を浮かべると、風に乗った歓声が耳に届く。

「僕たちは夜目が利くから、マリエットの顔もちゃんと見えているぞ」

「えっ！　それはちょっと緊張しますね」

灯りの多さと歓声がマリエットの高揚感を高めていく。これほどまでに歓迎されているとは思ってもいなかった。

「おふたりとも人気なのですね。そうじゃなかったらこんなに集まらないです」

ヴィストランドは無数の浮き島から成り立つ島国である。王宮がある島を中心に、小規模の島があちこちに点在しているとか。

マリエットには空に島が浮かぶ原理がさっぱり理解できなかったが、そういう不思議なこともあるのだろうと納得させた。そうでないと疑問が尽きない。

「今夜はあと数か所巡る予定だ。灯りが見えたら手を振り返してあげるといい」

王都を中心にゆったりとした空の散策が続く。

マティアスが言っていた通り、パレードとして身構えるよりもエルキュールとのデートを楽しんだ方が良さそうだ。

「次はエル様の背中に乗って夜のデートを楽しむのもいいですね」

「それもいいな。どうせなら夜のピクニックに行こうか。バスケットに食べ物と葡萄酒も入れて」

ふたりで新たな楽しみを作っていけたらいい。

マリエットはそっとエルキュールの手を握り、「楽しみにしてます」と微笑みかけた。

日付が変わる前にエルキュールの宮殿に戻った。竜族の結婚式は神に誓いの言葉を捧げることはないが、両陛下へ挨拶を交わし、空のパレードを行うものだった。

「終わってみるとあっという間だったかも」

エルキュールの両親と挨拶をしたのは緊張したが、ふたりともマリエットを歓迎してくれた。番を見つけるというのは竜族にとって最上の幸福だそうだ。

――皆さん安心した顔をされていたわ。受け入れてもらえてよかった。

湯浴みを終えて寝台に寝そべったマリエットはそのまま目を閉じて、ハッとした。なにかを忘れている気がする。

――あれ？　もしかして今夜は一般的には初夜なんじゃ……？

結婚式を終えた夜を初夜と呼ぶなら、今がその日である。だがエルキュールからはなにも言われていないし、竜族の文化は異なるかもしれない。

「……気づかなかったことにしましょう」

ここに来てから毎晩のようにエルキュールと肌を重ねているのだ。今さら初夜を考えても仕方ないだろう。

睡魔に誘われるように目を閉じる。しばらくして寝室の扉が開く音がした。

「お待たせ、マリエット……ああ、疲れて寝てしまったのか」

エルキュールはマリエットの隣に腰をかけた。寝台が沈み、顔を覗かれている気配がする。

「大勢に会って慣れない経験をすれば疲れるのも仕方ない。今夜は初夜だが……」

──やっぱり初夜の概念はあったのね？

今起きたら朝まで眠れなくなりそうだ。

マリエットは睡眠を優先させることにしたのだが……。

「大丈夫だ。僕がすべてするから問題はない」

──え？

身体にかけているブランケットをめくられた。プチ、プチと、ネグリジェの釦を外されている。

──え、まさか……！

「起こしてしまったらすまない。だが寝ているマリエットを抱くというのは少々興奮するな」

──そのまさかだった……！

胸元が空気に触れた。くすぐったくなるような手つきで、エルキュールはマリエットの肌を撫でた。

「ドレスを着るから、ここ数日は君の肌に痕をつけるのを我慢していたんだ」

そう、うっとりとした声音で呟いた直後。鎖骨の下にチクッとした痛みを感じた。

「……っ！」

彼の舌先がマリエットの胸のふくらみをなぞる。乳房の輪郭を確かめるようにゆっくりと。

ぞわぞわした震えが背筋を駆けて、無意識に腰を揺らしそうになった。

——ダメ、起きてることを知られたら寝られなくなる……！

今起きなければきっと彼は一度きりで我慢してくれるはずだ。だがもしもマリエットが寝ていないと知られたら、何戦でも挑まれてしまう。

竜族と人間の体力の違いを理解してもらうには時間がかかる。毎日昼過ぎまで起きられないのは困りものだ。

エルキュールは慣れた手つきでマリエットの肌を愛撫する。胸元に赤い花を散らしながら指先でコリッと蕾を転がした。

——そ、そんな触れ方をされたら硬くなっちゃう……！

少しずつ芯を持ち始めるのは生理現象だ。マリエットの意識が覚醒していて感じているからではない。

毎晩のように彼の愛を受け続けているため、身体が敏感に反応しても不思議ではない。

「可愛い果実はいつだって僕を誘惑する」

エルキュールの舌先が胸の蕾を転がした。強く吸われては甘噛みをされて、マリエットの快楽を引きずり出そうとする。

「ん……っ」

堪えていた声が漏れてしまった。目を瞑ったまま内心焦るが、エルキュールの愛撫は止まらない。

「夢の中でも僕に愛されているのかな?」

そんな呟きを落としながら笑った気配が伝わった。

彼の愛撫は少しずつ下半身へと向かっていく。両膝を立てた中央に身体を移動させて、ほんのり湿った下着の中心部を舐め上げた。

——やぁ……それは……っ!

薄い布地の上から花芽を刺激された。強く吸い付き、甘く歯を立てられるとマリエットの胎内に燻《くすぶ》る熱が出口を求めて弾けてしまう。

「——ッ!」

「軽く達したかな。……ああ、すごい。蜜が溢れてるね」

とろり、と身体の奥から愛液が零れてしまう。自分の身体はこんなにも快楽に弱かったのかと思うと、恥ずかしくてたまらなくなりそうだ。

——エル様のせいで身体が作り替えられてしまったんだわ。

それだけではない。眠ったふりをしているという状況がマリエットをより感じやすくさせている。目を瞑った状態も、視覚以外の五感の感度を上げているのだろう。

たっぷり蜜を含んだ布をはぎ取られた。空気に触れてひやりとする感覚が少々苦手だ。

そして毎回決まったように、エルキュールは直接マリエットの蜜を啜る。そんなものを口に含まなくていいのに、彼は何度も舐めたがるのだ。

「君の蜜は甘露のようだ」と言いながら。

「こんなに零すのはもったいないないと思うんだ。毎晩どうやったらこれを保存できるのかと考えている」

これを指すのはひとつしかない。マリエットは頬を引きつらせそうになった。

「でも寝ている妻の蜜を採取する夫というのは、言葉にするとアレだな……愛の暴走というやつだな」

「それはただの変態ですっ！」

たまらず声を出した。もう寝たふりなど続けていられない。

「おはよう、マリエット」

エルキュールは蕩けるような甘い笑顔を向けてくる。マリエットが起きていたことなどお見通しだったようだ。

「……気づいていたんですね？」

「うん、君が起きていたことは最初から。でも寝顔のマリエットも可愛くてたまらないし、眠りたいなら寝させてあげようとも思っていた」

好きに触っておきながら寝させるつもりなどないだろうに。

だがマリエットがずっと寝たふりを続けても咎めるつもりはなかったのだそうだ。

「竜族の皆さんにも初夜の文化はあったのですね」

「当然だ。それに僕たちは性欲が強い」

――薄々勘付いていました……。

やはりエルキュールが特別なわけではなさそうだ。一晩に何度も求めてくるのは彼らにとっては当然らしい。

性欲が強いのは、竜族同士でも妊娠はしにくいのが原因だとか。寿命が長い分、そう簡単に子供を産んだりしないのかもしれない。

「でも今夜は手加減するつもりだったんだぞ。君は疲れていると思ったから、睡眠を優先した方がいいかと思って」

「それはありがとうございます。本当にその通りです」

体力の問題ではなく、精神面でも気疲れが大きい。やはり夫の親族と会うというのは緊張するものなのだ。

「だから今夜は一回だけにしよう。初夜はまだまだ続くから」

「……はい？」

今夜は一度で我慢するが、初夜は終わらないというのはどういう意味だろう。

マリエットが首を傾げると、エルキュールも同じ仕草を真似た。

「まさか人間たちの初夜は結婚式の晩だけを指すのか？」

「ええ、そうですね。一般的には……私もそのような認識ですが」

「なるほど。これも文化の違いか。竜族は一晩だけでは終わらない」

――話の流れからそうなのかなって思ったけれど、じゃあいつまで……？

ごくりと唾を飲み込んだ。

マリエットは恐る恐る「三日とか？」と問いかける。

「そんな短くはない」

「では一週間……？」

まだ首を左右に振られた。

マリエットの脳はこれ以上聞かない方がいいと言っている。

「ひと月だ」

「――ッ！」

――それはもう初夜って呼ばないのでは！

「それ絶対おかしいです！　……って、待って、なんで持ち上げて……！」

「ん？　マリエットと早く繋がりたくて」

身体を正面から抱き上げられた。

グイッと片脚を開かされる。蜜を零す中心部に彼の熱を感じ、その不安定な体勢からマリエットはエルキュールの肩に縋りついた。

「やぁ、そんな……！」

「すごいな。こんな風にこすれ合うだけでも気持ちがいいとか、たまらない。ほら、僕たちがキスをしている」

ぬぷぬぷと、彼の雄が浅く出入りを繰り返す。淫靡な水音が卑猥だ。

いつの間にかマリエットの身体はエルキュールを受け入れる準備が整っていた。すっかり彼の形を覚えてしまったのだ。

少し腰を下ろしただけですんなりと奥まで飲み込んでしまうだろう。

――いや、こんな、恥ずかしい……！

下半身を触れ合わせて体液が混ざり合う。

言葉にならないほどの快感が脳天を痺れさせる。身体も思考もぐちゃぐちゃにされる快楽には中毒性があるようだ。

――気持ちよすぎてダメになるから、理性を手放したくないのに……！

最後の方になると自分でもなにを言ってるのかわからなくなってしまう。心と身体がエルキュールを求めて制御が効かなくなる。

これも竜族の体液の媚薬効果のせいかもしれない。一体いつになったらその効果は止まるのだろう。

「あ、ああ……ん、入っちゃ……っ」

「ン……ああ、気持ちいいね、マリエット」

蜜口を浅く抜き差ししていたエルキュールの楔が、グププ……と音を立てる。マリエットの弱いところを擦りながら奥へと侵入した。

向かい合わせで座り、凶悪なものを根本まで飲み込むのが怖い。マリエットはたまらず腰を上げようとするが、エルキュールの手が彼女の腰を掴んで放さない。

「んあぁ……っ」

びりびりとした痺れが背筋を駆ける。

胸板に胸の先端が擦れるのもたまらない。不意に訪れた甘い刺激が身体の力を奪っていく。

「ひゃあん！」

パチュン！　と肉を打つ音が響いた。恥骨が当たり、エルキュールの逞しい雄を奥深くまで飲み込んだ。

「やぁ……ふか、い……っ」

この体勢は苦しい。普段は当たらないところまで深く飲み込んでしまう。

――頭がクラクラする……。

強すぎる衝撃が襲いかかる。過ぎたる快楽は麻薬のようだ。

「はあ、温かい。君とずっとこうして繋がっていたい。僕の一部が君の中で混ざり合って溶けて融合できたらいいのに」

なにやら怖いことを言っているが、マリエットの思考はうまく回らない。

臀部の丸みを撫でられ、そのまま彼の手は背骨をなぞる。

「んん……っ」

「くすぐったい？　嫌々するマリエットも可愛いすぎるな。君の肩甲骨の形も愛らしい」

そんな見えないところを褒められても、どう受けとめたらいいのかわからない。

マリエットはエルキュールの腰を跨《また》いだまま、飲み込んだものを抜こうともがく。

――あぁ……ダメ、抜けない……！

膝を立てて途中まで頑張るが、太くて長い欲望が逞しすぎた。

マリエットが膝を立てただけでは簡単には抜けそうもなくて、ただ腰を振り快楽を享受するばかり。

「やぁ……気持ちいい……ダメ、こんな……あぁ、ンッ」

「僕の上で腰を振って悶えるなんて、どんなご褒美なんだ？　君は僕を殺す気か？」

エルキュールはギュッと眉根を寄せて目尻を赤くさせた。ふるふると揺れるマリエットの胸にも視線が吸い寄せられる。

「可愛すぎる罰は無期懲役だ。終身刑だ。一生僕の檻に閉じ込めておかなくては」

マリエットにはなにを言っているのか半分も理解できない。

「この光景をずっと目に焼きつけたい。ああ、空間を切り取って、この時間を保存できる魔法

があればいいのに……」

「ん、んんー！」

後頭部に手を差し込まれた。そのまま唇を奪われる。

熱い舌がマリエットの口内をぐちゃぐちゃにかき混ぜた。歯列を割られ、余すところなく舐められる。

「はぁ……んぅっ」

エルキュールの手が胸をまさぐる。

キスをされながら胸まで弄られれば、身体の奥から蜜が溢れて止まらなくなりそうだ。

——ぐちゃぐちゃになっちゃう……。

恥ずかしい水音は一体どこから聞こえるのかもわからない。

貪るようなキスはさらにマリエットの思考を奪い、呼吸をするのもままならない。

——ああ、なにも考えられない……。

気持ちいいことをたくさん感じたい。エルキュールの愛を受けとめたい。

だが与えられるものだけではなくて、自分も彼に愛を返したい。その方法がなんなのかはまだ模索中だが。

繋がったまま身体を倒された。仰向けに寝かせられる。

「はぁ、マリエット……」

凄絶な色香を放ちながら名前を呼ばれるだけで、胸の奥がドクンと大きく跳ねた。好きという感情が加速して止まらなくなりそうだ。

「見て、僕たちが繋がってひとつになっている」

両脚を持ちあげられて、繋がっている箇所を見せつけられる。

透明な蜜でテラテラと光る赤黒い雄を直視し、マリエットは無意識に彼のものを締め付けた。

「ン……ッ、急に締められたら……」

「ちが……だって、はずかしい……っ」

未だに自分の身体が彼の雄を飲み込んでいるなんて信じられない。一体人体はどんな構造になっているのだ。

「はぁ、恥ずかしがるマリエットも凶悪的に可愛い……でも、急に締め付けるのは悪い子だ」

エルキュールの額に汗が浮かんでいる。確実に彼の余裕を奪っているのだろう。

じゅぶじゅぶと中をかき混ぜられる。

片脚を大きく開かされて、彼のものをより深く飲み込んだ。

「エルさま……」

余裕のない表情も色っぽい。劣情を隠しもしないアレキサンドライトの瞳には自分の顔しか映っていない。

――この美しい男性は私しか見ていない。

自分だけを見つめる目が愛おしい。ずっとこのまま彼を独占してしまいたい。

マリエットの頭の奥で声がする。

本能のまま快楽を求めることは悪ではない。

——そう、いらないの。理性なんて捨てちゃえばいいんだわ……。

とろりと蕩けた目でエルキュールを見つめる。

その眼差しを受けたエルキュールはごくりと唾を飲み込んだ。

「好き……エル様、もっとぐちゃぐちゃにして……?」

「っ! ああ、仰せのままに」

溶け合って混ざり合ってひとつになれたらいい。マリエットもその願望の意味を少しだけ理解できる気がした。

繋がっているのに足りない。満たされているのに渇望する。

——ああ、欲望に際限なんてないんだわ……。

離れたいなんて思わないほどに、彼を求める心が止まらない。

「一度、出す」

激しく腰を打ち付けながら、エルキュールは限界を訴えた。

マリエットの奥深くに雄を叩きつけた勢いのまま吐精する。

「……ッ!」

「はぁ……ん」

ドクドクと吐き出したものが胎内に広がっていく。

先ほど感じていた欲求が満たされていくようだ。

――私がほしかったのはこれなのかも……。

身体の奥深くにまで彼の精が浸透する。心地よくてたまらない。

不思議なことに、胎内で受け止めた直後から倦怠感《けんたいかん》や疲労感は薄れるようだ。先ほどまで感じていた眠気も今は消えている。

たっぷりと注がれた精は量が多い。まだエルキュールが栓をしているが、彼の楔が抜けた瞬間からシーツに零れ落ちるだろう。

「マリエット、すまない。先ほどの発言は撤回する」

「……？」

なんのことだろう。

ぼんやりする頭で記憶を遡るが、霞がかかったように思い出せない。

「今夜は君の睡眠を優先させて一度きりで我慢すると言ったが、無理だ。このままあと二回付き合ってほしい」

「……え？」

そこはせめて一回では？　と心の中で問いかけるが声にならない。

一度吐き出したとは思えない硬度を感じ、ふたたびマリエットの内臓を押し上げた。

「僕は意志薄弱な男だ。魅力的過ぎる君を前にしたら、待てができない犬に成り下がる。けれど安心してほしい。気絶して眠ってしまっても、ちゃんと後始末はするから……」

きっとそれは今夜だけのことではない。

なにせ長い初夜は始まったばかりなのだから。

「湯浴みも食事も全部夫である僕に任せていい。蜜月中の僕たちを邪魔する者は誰もいない」

——つまり初夜と蜜月は一緒……？

蜜月期間というものがあることをはじめて知った。

あと一か月、マリエットはエルキュール以外に会うこともできない。寝室から出ることは叶わず、実質的な軟禁状態だ。

「服もいらないから裸で過ごそう。僕以外がマリエットの素肌を見ることはないから安心していい」

すぐに服を脱ぎたがるエルキュールとは違い、マリエットにはそのような性癖はない。ぼんやりしていた思考が動き出す。

「あの、それでは風邪をひいちゃいます」

「大丈夫だ。僕の精を受けていれば風邪なんかひかない」

そういう問題ではないのだと訴えると、渋々ガウンを用意してあると付け加えた。何故隠す必要があるのだ。

「蜜月なんてはじめてで緊張しているかもしれないが、心配はない。必要なものがあれば僕が用意しよう。だからマリエット、安心して僕とずっと……ずーーっと一緒に、愛を育もう」

「は、はひ……」

キラリと光ったアレキサンドライトの目は見間違いではないだろう。

マリエットは捕食者に狙われた被食者の気持ちをはじめて想像し、そして終わらない蜜月に悲鳴を上げるのだった。

エピローグ

マリエットがヴィストランドに移住してからあっという間に五年が経過した。

蜜月期間を経た後、マリエットの身体は少しずつ竜族に近づいた。体調を崩すこともなく、常に肌艶はいい。

そして身体が完全に馴染んだ頃。緑色だった瞳はエルキュールと同じアレキサンドライトの色に変化した。

他に身体的な変化は起こっていないが、年に一回の里帰りで家族とミレーヌ王女に会うたびに、その変わらぬ若さの秘訣を問いただされている。

「肌艶の良さは旦那様に愛されているから、以外で答えてちょうだい」

十九歳になったミレーヌは近々ジョルジュとの結婚を控えている。大人になっていくふたりに会うのも毎年の楽しみだ。

「多分水が合うのではないかと。あとは基礎化粧品でしょうか」

「ヴィストランドの化粧品⁉　もっと詳しく！　というか、いい加減国交をどうにかできないのかしら」

誰もが謎に秘められたヴィストランドとの繋がりを求めている。もしもリヴェルがヴィストランド産の製品を専売したら、話題になるどころでは済まないだろう。

「無理だな。僕たちがこうして地上に降りることはできるが、翼を持たない人間が来られる場所ではない」

優雅に紅茶を飲むエルキュールの姿も変わらない。いや、年々美しさに磨きがかかっているようだ。

「まあ、そうよね……現実的ではないわよね」

ミレーヌはそっとマリエットの膨らんだ腹に視線を向けて、すぐ近くで遊んでいる幼児たちを見つめた。

「わたくし、異種族との婚姻は子ができにくいと思っていたのだけど、考えを改めた方がいいと思ったわ。マリエット、毎年身重のまま里帰りなんてしてたら大変よ？　身体は大丈夫なんでしょうね？」

「ありがとうございます、姫様。身体はとっても丈夫なんです」

マリエットはふたりの子供を出産し、今は三人目を身籠っている。

嫁いでからすぐに子供を授かるというのは特殊なことで、これまたヴィストランドではお祭り騒ぎになった。

「この調子だと十人くらいは産まされるわよ。もっと自重させた方がいいんじゃない？」

王女にこそっと耳打ちされるが、耳のいいエルキュールには内緒話など無意味だろう。

「そうですねぇ。夫婦ふたりの時間がこれ以上減るのも寂しいですし……」

「そうだな、子供は三人までにしよう。僕との時間が減るのは嫌だ！」

エルキュールは子煩悩ではあるが、子供たちが母親を取り合う間に割って入るほど大人げない。彼の優先順位はいつだってマリエットが一番で、二番目以降が子供たちなのだ。

――一番手がかかるのは嫉妬深い旦那様なのよね。

けれど過剰な愛は嫌ではない。

マリエットにとって、父親になったエルキュールは変わらず愛おしくて可愛らしい存在なのだった。